HARLEQUIN®
Recrea el tiempo para ti™

Deseo®

LAZOS DE CONVENIENCIA
Sara Orwig

HARLEQUIN®
Recrea el tiempo para ti™

NOVELAS CON CORAZÓN

Editado por HARLEQUIN IBÉRICA, S.A.
Hermosilla, 21
28001 Madrid

I.S.B.N.: 84-396-7299-3
Depósito legal: B-26651-1999
Editor responsable: M. T. Villar
Diseño cubierta: María J. Velasco Juez
Composición: M.T., S.A.
Avda. Filipinas, 48. 28003 Madrid
Fotomecánica: PREIMPRESIÓN 2000
c/. Matilde Hernández, 34. 28019 Madrid
Impresión y encuadernación: LITOGRAFÍA ROSÉS, S.A.
c/. Energía, 11. 08850 Gavá (Barcelona)
Fecha impresion para Argentina:20.2.00
Distribuidor exclusivo para España: M.I.D.E.S.A.
Distribuidor para México: INTERMEX, S.A.
Distribuidores para Argentina: interior, BERTRAN, S.A.C. Vélez
Sársfield, 1950. Cap. Fed./ Buenos Aires y Gran Buenos Aires,
VACCARO SÁNCHEZ y Cía, S.A.
Distribuidor para Chile: DISTRIBUIDORA ALFA, S.A.

Capítulo Uno

Quince minutos más de paz. Faith Kolanko miró su reloj y suspiró. Podría disfrutar un poco más de la hora para almorzar antes de tener que regresar a su frenético despacho en Graphic Design. Era su única oportunidad en todo el día para estar sola.

Aun cuando hacía un calor incómodo, le encantaba la zona aislada de Harrington Park, en Tulsa. Aparte del muro de ladrillo rojo, un alto seto protegía la zona en la que estaba sentada. El arbusto separaba el silencioso refugio del resto del parque.

—Ah, cariño, ¿no es un día maravilloso?

Más allá del seto una voz profunda flotó en el aire. Suponiendo que la pareja continuaría su camino, Faith prestó poca atención a sus murmullos. Otra mirada al reloj le indicó que quedaban doce minutos de tranquilidad.

No deseaba regresar al despacho ni un minuto antes de su hora. La noche anterior había trabajado hasta las diez de la noche, y el día había comenzado a las seis de la mañana. Necesitaba tranquilidad antes de volver a la cuenta Bradley.

Del otro lado los arbustos crujieron y volvieron a llamar su atención. Oyó el sonido de una manta al ser extendida y luego una lata al abrirse.

—Échate aquí, cariño, y mira ese cielo azul. ¿Puedes creer el día que hace?

Faith suspiró. Sabiendo que su soledad tenía que terminar, dobló el periódico, se sacudió las migas de la falda azul y se alisó la blusa. La pareja daba la impresión de que iba a quedarse un rato. Cerró el termo y lo metió en la bolsa de papel.

3

–¡Oh, cariño, te quiero tanto! Jamás habría pensado que fuera posible.

Al escuchar la voz masculina que se suavizó por la ternura, enarcó las cejas y fue consciente de los arrumacos y susurros que venían del otro lado del seto. El único camino para salir de ese rincón del parque era un paseo de grava que giraba a la derecha justo donde estaba la pareja. Rezó para que recogieran sus cosas y siguieran adelante, pero parecían encontrarse bastante a gusto.

–Te quiero.

Faith oyó las palabras murmuradas, junto con los besos y los sonidos roncos. Ni siquiera quería imaginar qué hacían. Pero si la mujer comenzaba a gritar de placer, no podría seguir en silencio. ¿No sabían que había personas alrededor?

Era evidente que no les importaba, porque los ruidos se incrementaron.

Faith frunció el ceño. Miró el reloj. Le quedaban nueve minutos para emprender el regreso a la oficina. ¿Debía hacer algún ruido o tratar de pasar a hurtadillas delante de ellos? No creía que fueran a percatarse de su presencia. O que les afectara.

–Cariño, aguarda un minuto –dijo el hombre–. Eliminemos el estorbo del vestido. Ojazos. ¡Oh, qué pestañas tienes! Eres mi bombón...

¿Qué hacía que unos adultos perfectamente sanos recurrieran a un diálogo tan ridículo? Nunca en su vida se había sentido inclinada a hablar de un modo tan absurdo con ningún hombre con el que había salido. Ni jamás lo haría.

La voz del hombre se desvaneció y fue sustituida por unos sonidos que la ruborizaron. No quería oírlos, pero sabía que ya no podría escabullirse.

Y para salir de allí tendría que hacer notar su presencia.

Contempló el muro y pensó en treparlo. Se imaginó saltando con zapatos de tacón alto, pantys y una

4

falda ceñida de algodón al ajetreado cruce y descartó la idea de inmediato.

Miró el reloj. Había oído hablar de parejas que hacían el amor en el parque, pero descartó esos rumores como comentarios frívolos. En las ocasiones anteriores sólo había encontrado a gente de negocios y algunos transeúntes.

Siete minutos. Los gorgoritos, los gruñidos y las risitas le encendieron las mejillas. No sabía qué hacer. ¿Estarían desnudos?

¿Cuántas veces su amiga Leah le había advertido de que se hallaban demasiado aisladas en ese lugar? La próxima vez le haría caso.

–¡Oh, cariño, te quiero! –le llegó un susurro. Luego más sonidos de besos y arrumacos–. Yum, yum, yum. Da un mordisquito aquí...

–¡Santo cielo! –musitó Faith. Quedaban cinco minutos. Se mordió el labio y frunció el ceño. Quizá si saliera corriendo jamás se percataran de su presencia.

Los sonidos se hicieron más primitivos y distorsionados, y no le costó imaginar qué sucedía del otro lado del seto.

–¡Oh, Dios! ¡Oh, cariño! –unos sonidos inindentificables que no quería oír perturbaron la quietud.

Faith tuvo ganas de gritarles que se encontraban en un sitio público y que los podrían arrestar por lo que hacían.

–Cariño, ¿qué sucede?

En medio de su discurso mental, Faith se dio cuenta de que la voz del hombre tenía un deje de terror. Daba la impresión de que la mujer se ahogaba. ¡Quizá tuviera algún ataque!

–¡Oh, santo cielo! –gritó el hombre–. ¿Qué hago? Merry, cariño, ¿puedes respirar? Oh, Dios, ayuda.

Sonaba desesperado. Faith estaba entrenada en primeros auxilios. Supo que no podía hacer caso omiso de alguien que quizá estuviera herido. Apretó

5

la mandíbula, dispuesta a plantarse ante dos amantes desnudos, y atravesó el seto. Escupió unas hojas y se paralizó, aturdida, al clavar los ojos en un hombre de rodillas que la miraba. El sol brillaba sobre unos hombros anchos y bronceados que resplandecían con una leve capa de sudor. Tenía el rostro enmarcado por un pelo negro y revuelto. Un pecho musculoso bajaba hasta una una cintura estrecha.

Durante un breve instante se observaron, hasta que Faith centró la atención en sus brazos, que sostenían a un bebé que se ahogaba. Un *bebé*. Llevaba un pañal y una cinta rosa en los diminutos rizos negros, y su carita estaba retorcida en agonía.

—Se está ahogando —dijo el hombre, aunque Faith no necesitó ninguna explicación. La pequeña tosía y jadeaba.

Faith reaccionó de forma instintiva y con la experiencia de haberse ocupado de un hermano, hermanas y sobrinos menores, le quitó al bebé de los brazos y rápidamente lo colocó boca abajo sobre su regazo. Con el canto de la mano libre golpeó a la pequeña entre los omóplatos. Al segundo golpe, el bebé escupió algo de la boca.

Al instante abrió la boca para respirar y gritó.

Faith se levantó y colocó a la niña sobre el hombro, le dio unas palmaditas en la espalda y le habló mientras la movía con suavidad.

—¡Gracias a Dios! —exclamó el hombre—. ¡Oh, gracias, gracias!

Al observar cómo la esbelta rubia apaciguaba a su bebé, Jared Whitewolf experimentó un torbellino de emociones. Sobresalto al verla aparecer por entre el seto; terror al pensar que Merry se ahogaba; rápido alivio cuando la mujer eliminó la obstrucción de la garganta de la pequeña. Luego el alivio se transformó en curiosidad. ¿Quién era esa mujer bonita cubierta de hojas? Merry se acomodaba en sus brazos, tranquila salvo por algunos hipos esporádicos.

Jared no podría haber estado más sorprendido si el sol hubiera caído a la tierra. Esa mujer sabía cómo manejar a un bebé. Probablemente tuviera tres hijos. Recorrió su figura esbelta y notó que en los dedos no llevaba ningún anillo. Tenía el pelo rubio sujeto atrás. Un reloj práctico con una correa de cuero le rodeaba la fina muñeca. La falda azul terminaba encima de unas rodillas estupendas y de unas piernas largas y bonitas.

Jared se levantó, se secó la frente y esperó que el corazón dejara de latirle con fuerza. La mujer se volvió para mirarlo.

–Gracias –dijo él–. Es el susto más grande que he pasado en años.

–¿Qué le diste?

–Un plátano.

–Es demasiado pequeña para eso, a menos que se lo aplastes –comentó tras mirar a la niña y luego a él. Jared supo que había metido la pata–. No se lo habrás dado entero, ¿verdad?

–Bueno, uno entero no, pero casi –respondió. Merry jugueteaba con un pendiente de plata de la mujer, feliz, como si el incidente jamás hubiera tenido lugar.

Pensó en las pocas y desastrosas citas que había tenido desde que la pequeña entró en su vida. Aún no había conocido a una mujer que pudiera manejar a Merry más de una hora y nunca en una crisis. Y hasta ese día jamás había experimentado una crisis tan grave.

–Es muy bonita –dijo la mujer mirando a la niña. Merry hizo gorgoritos, sonrió y la observó.

–Eres muy diestra con los bebés.

–Debería serlo –indicó ella sin alzar la vista, y él se preparó a oír que tenía una casa llena de hijos propios. Faith calló para sonreírle a Merry. Las dos estaban preciosas.

–¿Por qué? –preguntó con aliento contenido.

7

—Crecí con tres hermanos menores, y con un hermano mayor. Todos están casados y tienen hijos —repuso.

Él se acercó y captó una fragancia más tentadora que las flores primaverales que los rodeaban. La miró a los ojos verdes y sintió una tensión que al instante reconoció y que le encantó descubrir. La química sexual era la guinda que coronaba la tarta.

—Espera. Tienes unas hojas en el pelo —dijo, y alzó la mano para quitarlas. Le rozó el cuello y experimentó un hormigueo que reverberó por el vacío de su interior. Ella se quitó el broche y agitó el cabello, diseminando hojas sobre sus hombros y sobre la pequeña—. Deja que te ayude —la observó mientras colocaba las manos a ambos lados de su cabeza. Sin dejar de mirarla, pasó lentamente los dedos por la suave cascada dorada. Ella respiró hondo y la tensión entre los dos crepitó, invisible, pero tangible como si él se hubiera acercado a un fuego. Los ojos de ella se oscurecieron y entreabrió los labios al devolverle la mirada. Jared supo al instante que esa mujer era especial. Había irrumpido en sus vidas, y quería que se quedara—. Me llamo Jared Whitewolf —musitó, observando sus ojos cristalinos, su piel perfecta, sus labios rojos y plenos—. Sostienes a mi hija, Merry —continuó de forma automática, sin dejar de mirarla y percibir una invitación en ella que aceleró su deseo de un contacto femenino.

—Yo me llamo Faith Kolanko.

—Gracias por venir a nuestro rescate.

—De nada.

Jared no deseó que el momento se quebrara. No se sintió impulsado a hablar para romper el silencio reinante porque no era incómodo. Todo lo contrario. Por primera vez desde que era padre de Merry, olvidó momentáneamente a su hija, todo, salvo a la mujer cuyos enormes ojos verdes lo miraban. Faith Kolanko.

—Celebramos un picnic. ¿Quieres unirte a nosotros? —invitó—. ¿Estás sola?

—¡Cielos! ¡Llego tarde al trabajo! —exclamó, mirando la hora, y las chispas mágicas que habían oscilado entre ellos se desvanecieron como apagadas por un interruptor—. Debo irme —le pasó a Merry.

—¡Eh, aguarda! —Jared conocía algo bueno apenas verlo, y no pensaba dejar que Faith Kolanko se marchara de su vida diez minutos después de haber entrado en ella. Trató de recoger su camiseta y sus botas y el vestidito de la pequeña.

—¡Ya nos veremos! —Faith no esperó. Rodeó el seto y volvió con un bolso al hombro. Corrió por el sendero de grava y desapareció detrás de unas flores amarillas.

—Cariño, no podemos dejar que esa mujer se vaya —le dijo a Merry, depositándola sobre el edredón que había extendido en la hierba. Se puso las botas y la camiseta. Le pasó el vestido a la pequeña por encima de la cabeza, lo alisó y la alzó en brazos para emprender la carrera. Pasó junto a las flores amarillas sin dejar de mirar a su alrededor, en busca de una cabeza dorada y una blusa y falda azules.

En mitad del parque, el muro de ladrillos descendía de forma gradual hasta desaparecer. Había un aparcamiento en el extremo norte, y Jared estudió a las pocas personas que entraban y bajaban de los coches. Miró en dirección este. Más allá del parque y de la acera, más allá de una fuente con agua plateada bajo la luz del sol, hasta los escalones de un alto edificio, y divisó unas piernas fabulosas, una falda y blusa azules y un pelo dorado. Aferró con más fuerza a Merry y corrió.

Faith Kolanko desapareció por las puertas giratorias de la Torre Harrington. Él dejó de correr, ya que sospechaba que para cuando llegara se habría desvanecido en alguna oficina. Miró a su hija, que le sonrió.

–Eres un encanto, y lamento haberte dado un trozo demasiado grande de plátano. No volverá a pasar, te lo prometo –dijo, besándole la cabeza–. La dama se nos ha escapado... sólo de momento. Iremos a recoger nuestras cosas y luego la buscaremos. Apuesto que la mitad de los hombres de ese edificio podrá decirme dónde trabaja. A ti también te gustó, ¿no? –Merry hizo unos gorgoritos y parpadeó cuando el sol le dio en la cara–. Bueno, a mí también. Es especial, Merry. Lo siento en los huesos. Faith Kolanko. Es un nombre bonito. Merry y Faith. Me gusta.

Merry le sonrió y la acomodó contra el hombro mientras regresaba junto al edredón. La depositó con gentileza, y la atención de la niña se desvió a los árboles y los pájaros.

Jared dobló las cosas, terminó el refresco que había estado bebiendo y tiró todo lo usado en una papelera cercana. Se sentó en el edredón, recogió a Merry y sacó una botella de la bolsa.

–Y ahora, pequeña, es hora del biberón. Bebe y duerme un poco. Luego, cariño, iremos a buscar a la dama que tanto nos gustó –observó las manitas que se dirigieron hacia la botella de plástico, y sintió que el corazón se le inflamaba de amor por la personita que tenía en brazos–. Lamento que tu papá de verdad no pudiera conocerte, cariño. Era un buen hombre y no vamos a olvidarlo.

Merry cerró los ojos. Jared la acercó al pecho, con cuidado de no molestarla mientras comía. Le dio un beso en la frente. Mientras la miraba, se puso a pensar en Faith Kolanko. Quería salir con ella. No había disfrutado de una cita satisfactoria desde que tenía a Merry. Le gustaban las mujeres y echaba de menos su compañía. Pero nada en su vida era ya sencillo. Debía cuidar de Merry. Y hasta ese día no había conocido a nadie que estuviera a la altura de los requisitos para ocuparse de ella... y encajara con él.

Mientras Merry seguía succionando la tetilla, tuvo fantasías. Imaginó a la esbelta rubia con todo detalle. La forma en que curvaba los labios al sonreír, el destello de curiosidad cuando sus ojos verdes lo miraron. El modo eficiente y decisivo con que había manejado la situación. La calidez que exhibió hacia la niña.

Desde joven había aprendido que un hombre montado a caballo en público o con un cachorro de perro atraía a las mujeres como la miel a las moscas. En los últimos cuatro meses, había aprendido que un hombre con un bebé también las atraía. Siempre que iba con Merry, de compras, al parque, al rodeo o a la playa, las mujeres se acercaban para verla. Pero cuando quería ir un poco más lejos, todo era distinto. Un hombre y una mujer que se conocieran gracias a un caballo o a un perro, podían ignorar al animal algunas horas. No había esa suerte con un bebé. Cuando Merry demandaba atención, Jared había descubierto que la mayoría de las mujeres sabía poco sobre niños o demasiado y no quería nada más con otro. El romance había desaparecido de su vida casi al mismo tiempo que había irrumpido en ella la paternidad.

Pero entonces, salida de detrás de un seto, había surgido una mujer hermosa a la que evidentemente le gustaban los niños.

–¡Vaya, vaya! –miró a la pequeña en sus brazos. Había terminado el biberón y dormía–. Qué día hemos tenido, ¿eh, cariño? A partir de ahora todo irá sobre ruedas –la dejó con cuidado sobre el edredón–. Vamos a recoger nuestras cosas para ir a buscar a nuestra preciosa dama. Creo que no será capaz de resistirse a ti. Iinvitaremos a Faith a cenar y a que forme parte de nuestras vidas. La necesitamos... lo siento en los huesos.

Se estiró sobre el edredón y cruzó las manos bajo la cabeza. Toda su vida había tenido mujeres alrededor... hasta los dos últimos meses. Había pensado en el matrimonio, algo que no le había pasado por la cabeza hasta ser padre. Ya estaba listo para casarse. Pero, debido a Merry, no podía salir a conocer mujeres con la misma facilidad que antes. Bueno, Faith había entrado en su vida, y quería que siguiera así. Al menos hasta que pudiera conocerla y saber si la quería en ella para siempre.

Dos horas más tarde Jared se incorporó del edredón, lo dobló, lo ató y se lo pasó a los hombros. Se recogió el pelo largo y lo sujetó con una cinta de cuero detrás de la cabeza. Luego aseguró a Merry en el portabebés y la pegó a su corazón, quitándole el pelo de la cara.

Recogió las cosas y atravesó el parque. Silbando, se dirigió a la Torre Harrington. Al entrar describió a Faith a la recepcionista, quien meneó la cabeza

—Lo siento, señor. Hay muchas mujeres rubias que trabajan en este edificio.

—Faith Kolanko mide aproximadamente un metro setenta. Tiene el pelo largo, ojos verdes, algunas pecas en la nariz...

—La señorita Kolanko trabaja en la quinta planta —dijo un hombre con camisa blanca y pantalones negros que apareció al lado de Jared—. Es una artista de Graphic Design.

—Gracias —dijo Jared, se miraron mutuamente. Luego se dirigió a ver el directorio que había junto a los ascensores, donde localizó Graphic Design—. Tendremos que esperar hasta que termine, Merry —le habló al bebé dormido—. Volveremos a las cuatro para que no se nos escape.

Regresó al parque, y en esa ocasión extendió el edredón a la sombra de un árbol, desde donde podía vigilar dos de las salidas del edificio. A las cuatro fue a su furgoneta, donde dejó el edredón y la cesta del picnic y optó por el cochecito de Merry.

–Y ahora, cariño –dijo, acomodándola en el asiento y pasándole un sonajero–, esperaremos hasta que la señorita Kolanko salga del trabajo –enganchó la bolsa de pañales al cochecito y lo llevó a la Torre Harrington.

Se sentaron en el vestíbulo fresco y observaron salir a las personas, aunque Jared no vio a ninguna rubia alta y hermosa. Eran las seis de la tarde y el edificio fue vaciándose; apareció un hombre de seguridad con uniforme marrón.

–Señor, ¿trabaja en el edificio?

–No.

–Bien, a menos que tenga algún motivo para estar aquí, tendré que pedirle que se marche. Debo cerrar las puertas –dijo mientras apagaba algunas luces.

–Espero a Faith Kolanko, de Graphic Design.

–¿A la señorita Kolanko? ¿Le importa que lo compruebe?

–No, adelante. Me llamo Jared Whitewolf –dijo, levantándose.

El guardia de seguridad cruzó el vestíbulo hasta un teléfono. Jared se acercó con el cochecito.

–Whitewolf. Dice que la está esperando, señorita Kolanko. Sí, con un bebé. Sí, señorita. De nada –colgó–. Me ha pedido que le dijera que bajará en seguida. Lamento las molestias, señor, pero hemos de cuidar de la seguridad del edificio.

–Claro, lo entiendo. Gracias.

Regresó al banco que daba a los ascensores y se sentó a esperar, observando cómo el indicador luminoso pasaba del quinto al primero. Se incorporó cuando las puertas dobles se abrieron y salió la mujer con la que iba a casarse.

Capítulo Dos

Irritada por tener que perder tiempo para comprobar por qué el hombre que había conocido en el parque la esperaba, Faith miró alrededor. Su vista se posó en un vaquero alto que llevaba un sombrero de ala ancha con dos plumas a un costado, una camiseta blanca y una gran hebilla de plata en un cinturón de cuero hecho a mano. Los vaqueros le ceñían unas caderas estrechas, y la punta plateada de unas botas sobresalían por el borde del bajo. Durante un instante no lo reconoció. Había poca luz en el vestíbulo; el sombrero le ocultaba los ojos. Y llevaba recogido el pelo negro suelto que recordaba de la tarde, lo cual cambiaba bastante su aspecto.

El vaquero giró un cochecito en su dirección y entonces vio a Merry Whitewolf. Supo que el hombre era Jared Whitewolf.

—Señor Whitewolf...

—Hola, Faith. Y me llamo Jared. Salvaste la vida de Merry, así que nuestro trato es personal.

—He de regresar a la oficina —dijo al acercarse. Miró a la pequeña, quien le sonrió. No pudo resistir devolverle la sonrisa. Durante un instante las preocupaciones del día se desvanecieron—. Hola, Merry —saludó, inclinándose un poco—. Eres la pequeña más amistosa que jamás he visto.

—Eso es porque su papá es amistoso —oyó la lenta explicación—. Lamento interrumpir tu trabajo, pero queríamos invitarte a cenar cuando terminaras.

—Oh, lo siento, pero no puedo —repuso con rapidez, irguiéndose para mirarlo. Él se echó atrás el

14

sombrero, y los ojos negros parecieron apoderarse de una parte de su alma. No quiso apartar la vista. Se olvidó del trabajo y, durante un instante, olvidó dónde estaba. En el parque había sentido la misma atracción magnética, pero lo había achacado a la pequeña y al encuentro inusual. Y quizá en parte a su fabuloso torso desnudo.

Pero su actual reacción no se explicaba con ninguna de esas cosas, aunque ahí estaba, casi incapaz de respirar, mientras observaba a un hombre que la miraba como si llevara buscándola toda su vida.

—Sí que puedes —dijo, tocando un mechón de pelo cerca del rostro de ella—. En algún momento tienes que comer. ¿Has cenado ya?

—No, pero no voy a tomarme tiempo ahora para hacerlo —sintió el roce leve de los cálidos dedos en su mejilla—. Me queda otra hora de trabajo.

—Esperaremos —sonrió mientras le alisaba el cuello.

Cuando los nudillos le rozaron la clavícula, ella experimentó un hormigueo. ¿Qué le pasaba? ¿Es que había trabajado hasta perder el sentido? Reaccionaba ante un completo desconocido de un modo muy primitivo.

—No, no deberías esperar —arguyó, esforzándose por apartar la vista de esos ojos oscuros como una noche sin luna—. No puedo salir contigo. Eres un perfecto desconocido. No sé nada de ti. Y he de volver al trabajo.

—Faith —musitó y le asió el brazo cuando ella intentó irse. Fue un contacto ligero, pero se quedó clavada donde estaba—. No vamos a seguir siendo desconocidos. ¿Estás comprometida o sales con alguien?

—No, aunque ésa no es la cuestión. En esta época, es peligroso ser abierta con los desconocidos.

—Estoy de acuerdo. Así que solucionémoslo —sacó un programa del bolso y se lo entregó—. Ésa es mi foto. Participaré en un rodeo mañana por la noche.

15

Ella observó la foto sonriente y leyó las estadísticas sobre su monta de toros, de caballos y los premios que había ganado.

—Has sido tres veces campeón del mundo de monta de toros —comentó.

—De algún modo, intuyo que eso no me hace ganar puntos contigo —esbozó una sonrisa de dientes muy blancos.

—Ni siquiera puedo imaginármelo —repuso ella, mirando de nuevo la foto. Debía reconocer que no sólo era atractivo, sino que tenía un encanto arrebatador.

—Puedes llamar al estadio, y cualquiera de los chicos te hablará de mí. Soy propietario de una casa aquí en Tulsa. Está en Peoria del Sur. Si Merry pudiera hablar, verificaría que soy una persona de confianza. Y además de eso... —sacó una tarjeta de su cartera–... éste es mi hermano Wyatt. Es detective de la policía. Lo llamaremos y él te dirá que soy de confianza. Vamos.

—¡Oh, no! No hace falta que llames a tu hermano.

—No lo haré. Lo harás tú. Tengo monedas —situó el cochecito delante de Faith y tiró con suavidad de su brazo–. Ahí hay una cabina, así sabrás que no se trata de un engaño. Llama a la policía y habla con Wyatt. Te dirá que puedes salir conmigo con absoluta seguridad. Si él no te convence, tengo otro hermano, Matt. Es granjero. Empecemos con el poli.

—Es ridículo. Me espera trabajo arriba.

—Lo sé y lamento interferir, pero en algún momento tendrás que parar de trabajar para ir a casa. Y tendrás que comer. Merry y yo podemos ayudarte a que te relajes. Una cena y te llevaré a casa, así podremos empezar a conocernos.

—No lo creo —lo miró. Tenía unos pómulos marcados, piel cetrina, pestañas increíblemente tupidas y una mandíbula firme. Y cada vez que recibía el impacto pleno de sus ojos, sentía las rodillas débiles y sabía que iba a ceder. Respiró hondo, tratando de forzar una negativa.

—Merry desea de verdad que vengas con nosotros. Lo que pasa es que no sabe cómo decirlo.

La negativa se desvaneció cuando empujó el cochecito en su dirección. Faith llevó a Merry hacia el teléfono. Unos ojos azules grandes la miraron.

Jared depositó el auricular en su mano, colocó la tarjeta delante de ella y unas monedas sobre el teléfono.

—Ahora llama a la policía. Ése es el número. Pide que te pongan Wyatt, y luego le preguntas cómo es mi carácter y si soy de confianza.

—No creo que tenga tiempo en mi vida en este momento...

—Faith, creo que deberías —se inclinó un poco y se acercó. Ella captó una fragancia a jabón que le resultó agradable—. Creo que estábamos destinados a conocernos. Tarde o temprano lo haremos. Mejor que sea temprano —el corazón de ella comenzó a palpitar con fuerza. Nunca en su vida había tenido esa reacción con un hombre—. Llama a Wyatt —ordenó él con suavidad.

Comenzó a marcar los números. Luego escuchó mientras la operadora le indicaba la cantidad de dinero que debía introducir. Las monedas cayeron con un clic metálico. Jared Whitewolf se apartó con el cochecito y se agachó para hablar con la pequeña.

Finalmente oyó una voz masculina y se sintió ridícula.

—¿Es el detective Wyatt Whitewolf? —en cuanto el otro respondió que sí, se lanzó a darle una explicación—. Soy Faith Kolanko, de Tulsa, y acabo de conocer a tu hermano Jared. Me ha invitado a cenar, y como somos completos desconocidos... —calló cuando el hombre rió.

—Mi hermano es un tipo inofensivo —dijo con tono divertido—. Siempre conquista a los caballos y a las mujeres.

17

–Lo conocí esta tarde, y a su hija Merry –la explosión que oyó del otro lado de la línea hizo que Faith apartara el auricular del oído, pero pudo reconocer el asombro en la reacción de Wyatt.

–Deja que hable con él –pidió Wyatt con un tono de voz que había perdido toda indiferencia.

Jared debió oír la respuesta de Wyatt, porque se volvió y sonrió, acelerándole el pulso. Tenía una sonrisa contagiosa, que suavizaba sus rasgos masculinos. El hombre era increíblemente atractivo.

–Quiere hablar contigo –alargó el auricular.

–Sólo tardaré un segundo. ¿Te importa? –señaló a Merry. Intercambiaron sus puestos, y ella fue consciente del contacto de su mano al aceptar el auricular–. Hola, hermano. Sí, tengo una pequeña –Faith no pudo evitar oír parte de la conversación mientras se preguntaba qué le había sucedido a la madre de Merry–. No. Es una larga historia, Wyatt. Te la contaré cuando te vea. Merry tiene cuatro meses y medio –otra pausa–. Sí, es estupenda. Mañana por la noche participo en un rodeo aquí, y luego iremos a Oklahoma City para el rodeo del próximo fin de semana, así que entonces te veremos –otra pausa para escuchar–. Sí, está conmigo. ¿Cómo están tus chicas? ¿Y Alexa? Bien. Salúdalas de mi parte. Te veré el sábado –Jared se volvió hacia ella–. Faith, ¿quieres hablar otra vez con él?

Ella meneó la cabeza y observó cómo él volvía a girar hacia el teléfono. Con una mano en la cadera, parecía muy relajado, aunque irradiaba una impresión de energía que sentía cada vez que se encontraba cerca de él. Decidió que iría a cenar. Le daba una sensación peculiar, como si se viera atrapada en una corriente que la arrastraba, fuera de control. Su vida era orden, estabilidad y seguridad. Llena de precisión rutinaria, resultaba tan predecible y segura como las manecillas de un reloj. Merry comenzó a moverse inquieta, y se agachó para alzarla en brazos.

–Hoy has sido una niña muy buena. De verdad que eres un encanto –vio que Jared regresaba a su lado–. ¿Has esperado aquí en el vestíbulo todo el día? –preguntó.

–No. Pasamos la tarde en el parque, y regresamos al final de la jornada laboral.

–Tu hermano no conocía la existencia de Merry.

–No, pero ahora sí. No nos escribimos. Y bien, ¿qué me dices sobre la cena?

–Tendrás que esperar un rato hasta que esté lista.

–No nos importa, ¿verdad, Merry? –la pequeña le sonrió.

–Es la niña más tranquila que he visto jamás. Sonríe cada vez que alguien la mira.

–Eso es porque...

–Lo sé. Porque tú sonríes mucho –concluyó por él mientras le devolvía a la pequeña. Jared sonrió mientras caminaba a su lado hacia los ascensores, con el cochecito por delante–. Si quieres esperar en mi oficina, no hay problema. Quiza sea más cómodo con Merry.

–Gracias –al entrar en el ascensor, se apoyó contra una pared y la miró–. ¿Qué cargo desempeñas?

–Directora ejecutiva de publicidad.

–Estoy impresionado. ¿Y qué haces? ¿Vendes publicidad?

–No. Soy una artista gráfica. Planifico el contenido y el diseño, a veces realizo toda la campaña o promoción publicitarias. Tengo algunas cuentas que llevo con regularidad, al igual que otras que manejo de vez en cuando, y superviso a seis personas –mientras hablaba, fue consciente de su escrutinio.

–¿Siempre trabajas hasta tan tarde?

–No. Ahora nos ocupa una cuenta importante, y a última hora el cliente quiso cambios, así que nos esforzamos por realizarlos. Presentaremos la idea por la mañana.

–¿Te gusta alguna comida en particular?

–Tal vez la italiana –miró a Merry–. ¿No mantendremos despierta a la pequeña más allá de su horario habitual?

–Es puntual como un reloj. Sin importar que esté metida en su cama o con nosotros, se quedará dormida. Cuando tiene sueño nada la detiene. No te preocupes –sonrió.

–Tú la conoces –repuso Faith. El ascensor se abrió y ella los condujo hasta una puerta de cristal que abrió con una llave–. Podéis esperar aquí –entraron en una zona amplia de recepción con una alfombra beige, muebles oscuros de madera y plantas–. No sé cuánto tardaré.

–No te prepocupes –sacudió la cabeza–. Tenemos todo el tiempo del mundo. Por lo menos, hasta la hora del rodeo mañana por la noche.

Sintiendo esa sensación familiar de hallarse atrapada en algo que no podía controlar, Faith se marchó por una puerta de cristal y regresó al trabajo. Bajó por el pasillo hasta una mesa ancha donde había extendidos unos folletos. Junto a la mesa, un gráfico llenaba la pantalla de su ordenador.

Su compañero y supervisor inmediato, Porter Gaston, miró hacia la sala de espera y enarcó unas cejas rubias.

–¿Quién es tu amigo?

–Jared Whitewolf. Luego iremos a cenar –intentó explicar con indiferencia, pero supo que no conseguiría que él pasara por alto el anuncio. Sin verlo en realidad, estudió el folleto que tenía delante.

–Bromeas –ella alzó la vista y vio la incredulidad en los ojos de Porter–. ¿Quién demonios es? ¿Dónde lo conociste? –demandó.

–Es un amigo. ¿Volvemos al trabajo? –lo miró. Por primera vez en su vida hacía algo inesperado, no programado e inusual. Mientras Porter observaba otra vez la recepción, se concentró en el ordenador.

–Faith, ¿hace cuánto tiempo que lo conoces? Sé

que me estoy metiendo en tu vida, pero somos amigos.

—Hace poco, pero he hablado con su hermano, detective de policía. Jared es agradable.

—Maldita sea. No puedo creer que vayas a salir con él. Madge y yo llevamos dos meses intentando que salgas con Kent, y siempre estás ocupada. Sin embargo, y en medio de este proyecto, te vas a ir a cenar con un desconocido.

—Es sólo una cena, Porter.

—¿Hace cuánto que conoces a ese Whitewolf?

—Se llama Jared Whitewolf.

—Lo siento. No eludas mi pregunta.

—Lo conocí hoy.

—¡Santo cielo! ¿Y te vas a ir a cenar con ese vaquero con coleta? Faith, los periódicos están llenos de historias sobre mujeres que son recogidas por desconocidos y con las terribles cosas que les pasan.

—Ya te lo he dicho, su hermano es detective, y hablé con él. Es una persona segura. Parece agradable. Tiene una hijita preciosa. Tiene una casa en Peoria del Sur. Leí que participa en rodeos. He visto un programa en el que aparece. Ha ganado un montón de trofeos...

—¿De verdad eres tú quien habla?

Irritada, se volvió otra vez hacia el ordenador. Porter repetía los mismos pensamientos que había tenido ella. No conocía a Jared Whitewolf. Y aunque fuera tan de confianza y encantador como indicaba su hermano, debería mostrarse práctica y volver a casa para tratar de recuperar un muy necesitado descanso.

—Lo siento —añadió Porter—. Creo que debería conocerlo.

—Te lo presentaré en un minuto. Primero terminemos esto.

—De acuerdo —repuso él, encogiéndose de hombros—. Mira este boceto.

Ella se movió alrededor de la mesa, estudiando papeles que mostraban gráficos y frases publicitarias. A los pocos minutos había vuelto a concentrarse en su trabajo; regresó al ordenador y redistribuyó la información y el diseño. Al ir a mirar un folleto, echó un vistazo a la separación de cristal.

Jared Whitewolf se había quitado el sombrero. Se hallaba de pie con la espalda hacia ella, mirando publicidades enmarcadas diseñadas por la empresa. Era ajeno a su vida como un alienígena intergaláctico. Y Porter tenía razón. Debería informarle de que iba a quedarse a trabajar hasta muy tarde y que se encontraría demasiado exhausta para ir a alguna parte que no fuera su casa. Sola.

Pensó en los hombres con los que había salido en el pasado. Sin excepción, los conocía de años antes de empezar a salir con ellos. Eran compañeros del colegio o amigos de la infancia... hasta Earl Baines, un compañero con el que más había durado. No sabía nada de cowboys que montaban toros o de hombres que pasaban la tarde en el parque con un bebé y que vestían vaqueros y camisetas. Miró a Porter, sentado a su mesa. Se había quitado la chaqueta del traje, pero aún llevaba puesta la corbata. Era el tipo de hombre que conocía, profesional, ambicioso, meticuloso, cuya vida era regida por agendas y rutinas como la de ella.

Debería despedirse de Jared Whitewolf. Resultaba absurdo pensar en hacer otra cosa.

—Faith, ¿puedes mirar esto? —pidió Porter sin alzar la vista—. Creo que tendríamos que trasladar este eslogan y la foto de la maquinaria a la parte superior de la página.

Se acercó y se olvidó de todo. Media hora más tarde, al regresar junto a su ordenador, volvió a recordar su cita. Miró hacia la recepción. Jared estaba sentado en una de las sillas, con Merry en brazos, mientras le daba el biberón. Tenía la cabeza inclinada sobre la pequeña y movía los labios; Faith supo que le hablaba. Merry alzó una mano diminuta, pálida contra su piel oscura, y con los dedos le exploró la mandíbula. Algo pareció abrirse dentro de Faith y sintió añoranza. Intentó imaginar a Porter con un bebé en brazos, dándole el biberón, pero le resultó imposible.

Era igual de imposible imaginar a sus hermanos, o a su padre, cuidando de un bebé. Con cinco hijos, su padre había logrado escaparse de darles el biberón, a menos que se hubiera sentado ante la tele y su madre hubiera dejado a un bebé y la botella en sus brazos.

Todo el mundo en su vida era predecible como el amanecer. Los hombres estaban ocupados con sus carreras; las mujeres con la casa y los hijos. Era la mujer mayor y la única soltera de su familia. Experimentó una creciente insatisfacción mientras observaba a Jared Whitewolf. Entonces decidió que esa sería una noche en la que dedicaría un par de horas a romper su rutina. Por una vez, apartaría su existencia ordenada y descubriría cómo podía ser la vida junto a alguien como él.

Jared alzó la cabeza y sus miradas se encontraron. Incluso separados por una mampara de cristal, Faith sintió que el pulso se le aceleraba y las rodillas se le aflojaban.

Diez minutos más tarde levantó la vista para observar a Porter de pie delante de ella, contemplando los folletos y esquemas.

—¡Hemos terminado! —exclamó ella—. Las nueve y diez. No está mal.

—Es fantástico —dijo él con satisfacción—. Un trabajo muy bueno. Creo que lo aceptarán.

—Gracias —apiló el trabajo.

—Yo terminaré todo aquí y por la mañana podremos revisarlo antes de la reunión. Vamos, preséntame a Whitewolf —ella recogió el bolso, apagó el ordenador y echó un último vistazo alrededor–. Has acabado, Faith. Deja de trabajar.

Ella le sonrió y se dirigieron a la recepción. Jared se puso de pie.

–Porter, te presento a Jared Whitewolf. Jared, éste es mi supervisor, Porter Gaston.

–Encantado de conocerte –saludó Jared con educación y le estrechó la mano.

–Faith me ha dicho que la has invitado a cenar.

–Así es.

–Antes de marcharos, quizá te guste mirar la oficina, ver parte de su trabajo. Faith, ¿por qué no te quedas con la pequeña mientras yo le muestro nuestra nueva promoción?

Al captar la determinación en su voz, ella supo que era inútil protestar. Y también supo que quería estar a solas con Jared para interrogarlo. Porter era un amigo de la familia que la había protegido durante años.

Faith se sintió un poco irritada por la intromisión de Porter, aunque sabía que toda su familia sentiría incluso más curiosidad que él. Se sentó y miró a Merry, que había vuelto a quedarse dormida en el cochecito. Parecía incómoda, así que se inclinó, desabrochó las correas y con cuidado la alzó en brazos. Merry suspiró y se acurrucó contra ella. La calidez de la pequeña pareció penetrar en su corazón.

Quince minutos después los hombres regresaron y Jared le quitó a la niña. Recogió su sombrero y se lo puso, luego se volvió para extender la mano hacia Porter.

–Ha sido agradable conocerte. Gracias por el recorrido.

–De nada. Que paséis una buena velada. Yo cerraré, Faith. Si veo algo que no esté listo, te llamaré. No te importa que te llame esta noche, ¿verdad?

–No. No llegaré a casa al menos en una hora; después, puedes hacerlo cuando quieras.

—Estupendo. Quizá tenga que hacerte alguna pregunta.

Jared abrió la puerta para Faith. Empujó el cochecito y juntos se encaminaron a los ascensores.

—¿Seguro que no era tu padre?

—Es un amigo íntimo de mi padre y mi tío, Blake Kolanko —sonrió—. Mi tío es el dueño de la empresa.

—Ahh.

—No digas «Ahh» como si eso explicara por qué trabajo aquí. Trabajé en otra agencia de publicidad hasta hace un año, cuando vine a ésta.

—No era ésa mi intención. Ahora entiendo mejor la actitud de Gaston. No quería que salieras conmigo.

—Bueno, tú no te pareces a mis citas habituales.

—¿Y cómo son? —preguntó mientras esperaban el ascensor. Bajó la vista, le tocó el cuello de la blusa y le rozó la garganta. Se hallaba lo bastante cerca como para que ella sintiera el calor de su cuerpo.

—Salgo con hombres como Porter. Trabajan en firmas de bolsa o en agencias de publicidad. No pasan la tarde en el parque. Y siempre los conozco desde hace años —sabía que estaba divagando, pero los ojos castaños de él producían el caos en sus procesos mentales; además, era consciente de que llevaba trabajando desde las seis de la mañana. Se apartó un mechón de pelo de la cara y deseó haberse tomado tiempo para refrscarse en la oficina.

Él le asió la mano y le frotó los nudillos con el dedo pulgar. Faith respiró hondo. ¿Por qué el más leve contacto con él le producía hormigueos?

—No veo ningún anillo de uno de esos hombres a los que has conocido durante años y años. ¿Quién está ahora en tu vida?

—En este momento no hay nadie. Los últimos dos meses he estado muy ocupada con el trabajo.

—Suena como si te hallaras lista para un pequeño cambio en tu vida —le sonrió y pasó un dedo por su mejilla.

Las puertas del ascensor se abrieron y él la dejó pasar. Luego entró con el cochecito.

—¿Sabes?, en realidad no te conozco —ella miró a Merry en sus brazos—. Si no fuera por este bebé, no haría esto.

—¿Yo no tuve nada que ver con que aceptaras salir? —Jared estiró un brazo y apoyó la mano contra la pared junto a la cabeza de ella. Dobló un poco las rodillas para mirarla a los ojos—. ¿No sientes algo cuando hablamos?

—Tal vez —respondió con cautela, sintiendo un cosquilleo por todo el cuerpo ante su voz ronca y su proximidad. Al mirarlo se le tensaron los pechos y el corazón se le desbocó.

—¿Te asusta reconocerlo?

—Ya te he dicho que no es algo a lo que esté acostumbrada. Jamás he salido con alguien a quien acabara de conocer.

—No te culpo si se trata de un extraño al que no conoces. Pero sabes mucho de mí. Sabes que participo en rodeos. Has hablado con mi hermano. Y has salvado a mi hija de ahogarse. Llegaremos a conocernos mejor, y mañana por la noche puedes venir conmigo a verme montar.

—Es una pena que no tengas confianza en ti mismo —comentó, obligada a sonreír.

—Faith, cariño —se acercó más y apoyó los dedos en su mejilla—, mi confianza está en lo que siento y en lo que veo en tus ojos verdes cuando nos encontramos así de cerca.

Las puertas del ascensor se abrieron, y cuando salió del edificio hacia la noche en compañía de Jared Whitewolf, sintió como si dejara algo más que su oficina y el trabajo del día atrás.

Guardaron el cochecito en la parte posterior de la furgoneta y luego colocaron a Merry en su asiento. Cuando Jared salió del aparcamiento, Faith miró al bebé dormido.

—Es la pequeña más encantadora que he visto. ¿Qué le pasó a su madre?

—No quería un bebé, así que hizo las maletas y dejó a Merry.

—Lo siento —dijo, preguntándose si él había quedado muy herido—. Tener una hija y perder a tu esposa más o menos al mismo tiempo debió representar un serio contratiempo. Lamento que hayas perdido a tu mujer.

—Oh, nunca he estado casado. Yo no soy el padre biológico de Merry —contestó con tranquilidad.

Capítulo Tres

Mientras él conducía por calles oscuras, Faith lo miraba.

—Dijiste que era tu hija.

—Adopté a Merry cuando murió su padre —explicó él con voz áspera.

—Debíais ser muy buenos amigos.

—Era mi mejor amigo —Jared no apartó la vista del frente al entrar en un aparcamiento de grava iluminado por una farola. Apagó el motor; ella vio que tenía las mandíbulas tensas—. ¿Sabes?, la vida es extraña. Mi familia era tal desastre en mi juventud, que al final me escapé. He vivido en todas partes y hecho casi de todo, pero cuando murió Dusty, me afectó como no lo había hecho nada. Creo que en parte se debe a Merry. A veces, cuando estoy con ella, sé lo que se está perdiendo su padre. No tendría que ser yo quien viera cómo le sale el primer diente de leche, sino Dusty.

—Lo siento, Jared. Pero es maravilloso que asumieras su responsabilidad.

—Ahora ella es mi vida —dijo, y se volvió para acariciar el pelo de la pequeña—. Basta de hablar del pasado. Vamos a cenar.

Al salir del vehículo, Faith miró a su alrededor. Un letrero de neón rojo que ponía Eldon's Café brillaba sobre la entrada. En la acera de enfrente había un bar y un billar, y en la esquina otro bar.

—La zona no es estupenda —comentó él, como si hubiera notado la inspección—. Pero tienen los mejores espaguetis que hay al sur de Chicago, y el lugar es tranquilo, para que podamos hablar. Dijiste que te gustaba la comida italiana.

—Sí. He vivido en Tulsa toda mi vida y jamás he comido aquí.

—No es de tu estilo, Faith. Esos ejecutivos con los que sales prefieren otros lugares. Éste es muy sencillo —dijo mientras alzaba el portabebés del asiento de atrás. Cerró la puerta y la tomó del brazo.

Entraron en un pequeño local con mesas de madera, una máquina antigua de música y hombres sentados en taburetes ante la barra en el extremo de la estancia. Jared la condujo a un reservado y depositó el portabebés en un asiento. Colgó el sombrero de un gancho antes de sentarse frente a Faith. En cuanto hicieron el pedido, bebió un trago de la cerveza que le habían traído y luego bajó la botella para estudiarla.

—Háblame de ti, Faith. ¿Cuántos hermanos y sobrinos tienes?

—Soy la segunda de cinco hermanos. Mis hermanos y hermanas están casados y todos tienen hijos.

—Así que tú eres la mujer de carrera.

—Sí. Para serte sincera, empieza a parecerme una vida estancada.

—¿Y eso? Parecías una persona muy dedicada en tu oficina.

—Mi trabajo solía encantarme y siempre iba a la oficina con ganas. Era divertido, y a mí me dominaba el entusiasmo —alzó la vista para encontrarse con su mirada firme y desconcertante—. No sé por qué te cuento esto.

—Porque soy un buen oyente —repuso él con ligereza—. Si sientes eso, ¿por qué no paras un poco? Sal más. Ten citas. Quizá estés quemada.

—Trato de convencerme de que no estoy quemada, pero ya no me siento como antes... De todos modos, ahora háblame de ti. Tienes dos hermanos. ¿Dónde están tus padres? —vio que enarcaba una ceja; por lo demás, no dio muestras de que hubiera tocado un punto sensible.

–Mis padres, cariño, ya no viven. Mis abuelos son de pura sangre Kiowa. Mis hermanos y yo no tuvimos los mismos padres. En realidad, no tuvimos padres legales. Mi padre biológico era alcohólico, verbalmente abusivo... un personaje poco agradable.

–Lo siento –le entristeció saber que su pasado había sido tan distinto de su feliz infancia.

–Tengo dos hermanos mayores que son estupendos –se encogió de hombros–. Wyatt ha crecido con un sentido muy marcado del bien y del mal.

–¿Lo recibió de vuestra madre?

–Demonios, no –Jared hizo una pausa cuando les trajeron los platos de espaguetis con salsa boloñesa. La camarera depositó una cesta con panecillos calientes.

–¿Os apetece algo más? –preguntó.

–No, gracias –dijo él cuando Faith meneó la cabeza.

–Me estabas hablando de tu hermano Wyatt –instó ella, con curiosidad por saber algo de su familia.

–Wyatt consiguió su acentuada convicción sobre lo que está bien y lo que está mal de nuestro abuelo. Pasábamos bastante tiempo en la granja con él. Vivían en el sur de Oklahoma, y fueron como el Peñón de Gibraltar en nuestras vidas. Siempre nos estábamos mudando. Yo me escapé con dieciséis años, de modo que no terminé la escuela secundaria –la miró a los ojos–. ¿Y por qué sospecho que tú tienes más de un título universitario?

–No pensé que se notara –sorprendida de que lo hubiera adivinado, se encogió de hombros–. Tengo la licenciatura y un título en artes gráficas.

–Así que nuestros estilos de vida y educación son distintos –comentó él, dejando el tenedor en el plato. Se adelantó y apoyó una mano detrás de la cabeza de Faith. Ella respiró hondo al ser consciente de su propio cuerpo ante su contacto; sintió como si se ahogara en sus ojos oscuros–. Tienes un trabajo elegante de ejecutiva mientras yo recorro todo el país montando caballos y toros. Incluso con todas estas grandes diferencias, ¿por qué sospecho que tenemos algo muy en común entre los dos?

–No creo que tengamos cosas en común –susurró ella, casi sin poder hablar. Él era como un imán que agitaba todo en su interior.

Jared se echó hacia atrás y dejó en la mesa el broche con que ella se sujetaba el pelo.

–Me gusta más así –comentó.

–Ni siquiera me di cuenta de que me lo hubieras quitado –se llevó la mano al pelo, sorprendida.

–Tengo manos diestras –repuso divertido–. Un tacto muy sensible. Te mencionaré un punto en común –continuó–. Te gusta Merry, y por el modo en que la miras, los bebés te encantan.

–Sí.

–Cuéntame más de ti. ¿Qué quieres de la vida?

Faith no pudo recordar la última vez que alguien le hizo esa pregunta.

–De pequeña coleccionaba muñecas, y lo único que deseaba era crecer, casarme y tener hijos. Luego me hice mayor y comencé a querer una carrera de éxito en las artes gráficas. Fin de las ambiciones.

–¿Quieres ser dueña de la compañía?

–En realidad no. Me gusta encargarme del diseño y de la parte artística. No me interesa tanto la dirección.

–Háblame de tus padres, de dónde pasabas las fiestas y dónde están todos tus hermanos –curvó la boca en una sonrisa satisfecha, como si ella acabara de pasar una prueba.

–Todos viven aquí en Tulsa, muy cerca de nuestros padres. Pasamos las fiestas juntos, y con tanto sobrino es divertido y caótico.

Jared terminó de cenar y escuchó cómo le describía a su padre banquero, a su hermano abogado, Andy, y al agente de bolsa, Keith, al igual que a sus dos hermanas casadas que estaban en su hogar con sus hijos. Mientras ella terminaba de cenar y hablaba, tuvo la certeza de que sería alguien especial en su vida. Cada vez que mencionaba el matrimonio y a los bebés, su voz adquiría un tono melancólico. Puede que tuviera un carrera estupenda, pero anhelaba un hijo.

Cuando Merry se movió, la alzó en brazos.

—La sostendré yo si crees que no le va a molestar —indicó Faith, y Jared se la pasó. Le sonrió a la pequeña y le acarició la mejilla—. ¿Cómo llegaste a conocer a su padre?

—En el rodeo. Igual que yo, montaba caballos y toros. También conocí a la madre de Merry. Era una mujer atractiva. Demasiado. Jamás fue su intención quedarse embarazada, y cuando Merry nació, se largó. Nunca llegó a casarse con Dusty, y le dijo que no quería saber nada de la niña. Vaya madre —añadió.

—¿Y cómo llegaste a ser «su» padre? ¿O prefieres no hablar de ello?

—Dusty perdió el control de su furgoneta y se salió de la carretera. No llevaba puesto el cinturón de seguridad, y las heridas internas que recibió fueron devastadoras —el silencio se extendió entre ellos, y Faith supo que volvía a luchar con sus emociones.

—Jared, no quería inmiscuirme en tus cosas —dijo en voz baja, cubriendo su mano con la suya.

Él giró la cabeza, se llevó dos dedos al puente de la nariz y se secó los ojos.

—Lo siento, parece ayer. Llegué al hospital en cuanto lo supe. Dusty me pidió que cuidara de Merry. Yo no quería hacerlo. Demonios, no me sentía preparado para ser padre. No tuve un modelo apropiado en el que fijarme.

—Me has dado a entender que lo tuviste en tu abuelo.

—Sí, así es. En cualquier caso, Dusty insistió en que me ocupara de Merry, porque sabía que se moría —la miró y bajó la vista. Abrió su mano y sus dedos se cerraron en torno a los de ella, cálidos, fuertes y seguros–. Dusty me suplicó que la adoptara. Cuando acepté, hizo que viniera un abogado y firmamos los papeles. Él vivió hasta la mañana siguiente.

–Lo siento.

–Sí –miró más allá de ella, como si esuviera perdido en los recuerdos. Le apretó la mano y se la soltó. Alzó la cerveza y bebió un largo trago–. ¡Qué perdido estaba al principio! Jamás había estado cerca de un bebé. Nunca sostuve uno en brazos. Merry es un ángel y ha bendecido mi vida.

–Es maravilloso que la hayas adoptado –le sorprendía que se hubiera adaptado tan bien a la paternidad después de la vida errante que debía haber llevado.

–Me parece que quieren cerrar –señaló el local vacío–. Vayámonos. Podemos charlar en la furgoneta o podemos ir a mi casa.

–¡Santo cielo! –exclamó ella al mirar el reloj–. Son las doce y media. Llevamos hablando más de dos horas.

–Así es –esbozó una sonrisa irónica y satisfecha, y ella tuvo que reír.

–No me digas que lo sabías.

–No he dicho eso –ya había pagado la cuenta, y al salir del reservado se puso el sombrero. Tomó a Merry en brazos y recogió el portabebés. La noche era fresca. Jared acomodó a Merry en el asiento de atrás–. Ha vuelto a quedarse dormida. La tarde en el parque ha debido dejarla agotada, a pesar de la siesta que durmió –se colocó detrás del volante y miró a Faith–. Dime a dónde.

Le indicó la dirección y cruzaron Tulsa hacia el apartamento de ella. Tras esperar que se abriera la cancela, entró y se detuvo ante su edificio.

–¿Quieres ver dónde vivo? –preguntó Faith. No había pensado si debía invitarlo a subir, pero cuando él apagó el motor del coche las palabras salieron de su boca antes de que pudiera contenerlas.

–Claro. Llevaré a Merry –bajó y recogió al bebé.

Entraron en el apartamento por un vestíbulo pequeño que conducía a la cocina. Ella encendió la luz mientras Jared dejaba a la pequeña, aún en el portabebés, sobre una mesa oval y soltaba el sombrero en una silla. La estancia impecable tenía armarios de madera de cerezo y un suelo azul pálido y blanco.

–Es bonito.

–Te lo mostraré –Faith colgó la llave y el bolso de un gancho y le indicó que la siguiera.

Le mostró el comedor, donde los muebles resplandecían. Él pensó en las huellas marcadas en la habitación de su hotel, en los pañales de Merry y en sus juguetes diseminados por todo el cuarto, más sus propias cosas.

El salón estaba igual de inmaculado, con cuadros impresionistas en paredes blancas.

–¿Quieres una taza de té?

–Lo mismo que vayas a tomar tú –la siguió a la cocina, y cuando ella abrió la puerta de la nevera, la cerró con movimiento veloz y la encerró contra su superficie.

Faith sintió que el corazón le daba un vuelco; respiró hondo mientras él la miraba. Se hallaba lo bastante cerca como para ver la barba de ese día en su rostro. Jared tenía la piel suave y cetrina, y los ojos eran estanques de medianoche. Una cicatriz fina le recorría el pómulo derecho.

–En realidad no necesito beber nada. Ven conmigo al rodeo mañana por la noche. Ven a verme montar.

–Jared, la cena fue agradable...

Cuando él posó la mirada en su boca, la negativa murió en su garganta. El pulso se le disparó y en sus ojos percibió las intenciones que tenía. Tensó el cuerpo encendido. La química mágica que se había encendido entre ellos desde el primer momento de verse, ardió con más calor que nunca. Quería que la besara, quería que la rodeara con sus brazos. Desafiando toda lógica e historia pasada, descartando el sentido común, quería sus besos. Era un desconocido, una tentación para descubrir secretos que hasta ese momento la vida le había ocultado. Cerró los ojos y ladeó la cabeza.

Jared sintió los latidos fuertes de su corazón. Vio la invitación, supo que ella respondía a él en cuanto sus palabras se ahogaron.

Sabía muy bien que eran diferentes como una flor del Ecuador y un glaciar del Ártico, pero una atracción abrasadora ardía entre ellos. Ella era maravillosa con Merry... ¿y desde cuándo se había contenido por miedo a lo desconocido?

Pasó el brazo por su estrecha cintura y sintió la flexibilidad de su cuerpo. La fragancia que emanaba de ella era como un aroma de flores primaverales. Suave y tentador.

Ella apoyó con suavidad las manos en sus hombros, pero el contacto lo sacudió hasta el corazón. Faith abrió los ojos para mirarlo. Él vio las preguntas que anidaban en sus profundidades verdes, la disposición, la invitación que hizo que temblara de anticipación.

Le cubrió la boca y probó, buscó y encontró la ardiente dulzura que destrozaba las barreras que Jared había levantado alrededor de su corazón tantos años atrás. Ciñó más el brazo y su mundo se transformó, y se preguntó si alguna vez volvería a ser el mismo. Esa mujer era especial para él. Apenas se conocían, pero la anhelaba. La necesitaba.

No se detuvo a preguntarse si sus sentimientos eran adecuados o inapropiados, como tampoco lo había hecho a los dieciséis años, cuando se adentró en una noche oscura, abandonando familia y hogar.

Todos esos años había sentido como si buscara algo. La dulzura y los besos ardientes de Faith eran como estar en casa. Pero, ¿qué podía ofrecerle él a cambio? Estaba acostumbrada a los ejecutivos, con su planificación metódica y sus poderosas ambiciones, no a los vaqueros que tomaban cada día como venía.

Mientras el corazón le palpitaba con fuerza, la pegó a su cuerpo, con un brazo a la cintura y la otra mano en su cabello sedoso. Con ella percibía una posibilidad de futuro, aunque no sabía si llevaba demasiado lejos sus sueños. Estaba claro que ella amaba a los bebés y respondía a Merry; sin embargo, quizá nunca lo amara.

Gimió desde lo más hondo. Era un hombre de acción, no alguien que dedicara tiempo a debatir el mejor curso a seguir. Faith era un milagro; sus besos y su calidez eran la perfección. Aunque él no fuera más que un vaquero, la hacía vibrar. Ella también parecía lista para algo más en su vida. «Corre el riesgo», susurró su corazón.

Ella enlazó sus brazos esbeltos alrededor de su cuello y pegó las caderas contra su cuerpo. Cuando tembló y gimió suavemente, la temperatura de Jared se disparó. La deseaba con cada milímetro de su ser.

Faith jamás había conocido besos como los de Jared, que desterraban años de soledad. Nunca había experimentado esa pasión de vértigo que quemaba su interior, encendiendo respuestas que desconocía poseer. Se sentía atraída hacia ese hombre enigmático. En él percibía una necesidad desesperada que necesitaba realización, tanto como el vacío que anidaba en su propio interior.

Su mundo seguro, lógico y rutinario se vio desgarrado en la tormenta de sus besos. El tiempo pendió en equilibrio. En ese instante él era todo lo que conocía y, de momento, todo lo que quería conocer.

El cuerpo esbelto y duro de Jared se pegó al suyo, y Faith notó su excitación. Él alzó la cabeza y ella abrió los ojos, atontada y desconcertada. No se suponía que unos besos te alteraran la vida. Y los de él habían terminado con demasiada brusquedad.

–Ah, Faith –dijo él en voz baja, pasándole el dedo por la barbilla–. ¿Quieres casarte conmigo?

Capítulo Cuatro

—¿Casarme contigo? —Faith lo miró, sin saber si había oído correctamente. Sorprendida por la proposición, sacudió la cabeza—. Eso es absurdo. ¡Si no nos conocemos! —pensó en todas las veces que había soñado con el matrimonio. En todas esas fantasías siempre había imaginado que salía con alguien mucho tiempo, luego se comprometía y transcurrían meses de planificación de la boda.

Demasiado consciente de su contacto, bajó los brazos a los costados. Jared aún la sostenía con firmeza por la cintura, a pesar de que ella quería separarse.

—No podemos casarnos —continuó Faith—. Si alguna vez lo hago, estaré locamente enamorada. Lo conoceré desde hace mucho tiempo, y mi familia también lo conocerá. Nos gustarán las mismas cosas, tendremos un pasado similar...

—No es eso lo que me acaban de decir tus besos —susurró Jared, besándole la sien y haciendo que otra vez se le desbocara el corazón.

—¿A cuántas mujeres te has declarado? —espetó, sofocada.

—Sólo a una, ahora mismo —repuso él con una solemnidad que la dejó sin aliento.

—Somos desconocidos y no estamos enamorados.

—Necesito una madre para Merry. Quiero una mujer en mi vida. Estoy listo para sentar la cabeza, y tú eres perfecta.

—Contrata a una niñera —cerró los ojos y la cabeza le dio vueltas—. Consigue una cita. No puedes saber si soy perfecta para ti.

—Sí lo sé —respondió con sosiego y firmeza.

—Bueno, aunque eso sea así, no me interesa. No quiero casarme. No te conozco. No eres perfecto para mi vida... ni mucho menos. Eres tan distinto a mí. Tú mismo has reconocido que eres salvaje, un trotamundos, un vaquero. ¿Qué te hace pensar que estás listo para asentarte?

—Merry. Por ella lo sé. Cariño, he visto mundo y hecho todo lo que quería hacer de soltero. Esa vida se ha terminado para mí. He crecido.

Ella volvió a intentar apartarse y Jared la soltó. Retrocedió unos pasos y lo miró. Él estaba con las manos en las caderas, esperando, con expresión paciente y complacida. ¡Y tan malditamente sexy!

—¡No nos conocemos! Ni siquiera sé cuántos años tienes.

—Veintiséis.

—¡Santo cielo! —la respuesta la mareó—. Ése es motivo suficiente. Yo soy mayor que tú.

—Puede que seas mayor en años, pero no en experiencia —se acercó y ella contuvo el aliento—. Pensabas que era mayor, ¿no?

—Sí —respondió en un susurro porque sabía que él había ganado ese punto. Observó la cicatriz que le cruzaba la mejilla, las finas líneas que salían de los costados de sus ojos y el conocimiento que albergaban, y supo que cualquiera creería que él era mayor. Y cuando la besaba, se sentía como una joven inexperta.

—¿Cuántos años tienes?

—Veintinueve —respondió a regañadientes.

—Ah, se acerca tu trigésimo cumpleaños. ¿Cuándo?

—En seis meses —lo miró con ojos centelleantes, porque ese hito últimamente le preocupaba cada vez más a menudo.

—Tu reloj biológico esta en marcha, Faith. Ya te he expuesto lo que quiero y lo que voy a conseguir. Hablemos de lo que tú quieres y lo que vas a conseguir.

—¡Quiero mi carrera y la perdería! —tenía la impresión de colgar del borde de un risco y de resbalar poco a poco a un abismo sin fondo. Al mismo tiempo, en lo más hondo de su ser palpitaba con una excitación que intentaba ignorar.

—No creo que sea eso lo que quieres —se quitó la cinta de cuero y agitó la cabeza. El pelo negro le enmarcó la cara, recalcando su carácter indómito y las diferencias en sus estilos de vida—. Ya tienes tu carrera. Has ascendido hasta tener mucha responsabilidad y te gusta tu trabajo, pero en sí mismo no es suficiente, ¿verdad? —ella no quería admitir que tenía razón. Esos devastadores ojos eran capaces de llegar hasta su alma. Él apoyó las manos en sus hombros y enroscó algunos mechones de pelo—. Conseguirías una familia. Tendrías un bebé, Faith.

—Puedo llegar a enamorarme, casarme y tener hijos, y tú lo sabes.

—Pero pronto cumplirás los treinta años, no sales con nadie, y el matrimonio no se perfila en tu horizonte.

—Eso no quiere decir que no surja.

—Claro que no, pero, ¿de verdad quieres seguir esperando? Según el escenario que me has pintado, tendrías unos treinta y seis años antes de que apareciera algún hijo propio en tu vida. Y la vida se encarga de depararnos un montón de sorpresas. No puedes ceñir la vida a una agenda.

—El matrimonio es para siempre. Quiero estar segura. Quiero estar enamorada. Dijiste que habías tenido varios padres. No disfrutaste de un entorno estable. Yo sí. Quiero aquello con lo que crecí —la ponía incómoda porque expresaba algunas de sus propias dudas.

—Y yo también —indicó con solemnidad—. Quiero un hogar, una esposa y mi familia. No quiero experimentar aquello con lo que crecí.

—Bueno, pues entonces declárate a una mujer a la qu conozcas de verdad y a la que ames.

–Necesito una esposa ahora. Más adelante podemos llegar a conocernos y amarnos.

–¿Y si no es así? ¿Eso no sería un infierno para nosotros y para Merry?

–Sí, lo sería. Faith, te ofrezco un matrimonio de conveniencia. Al principio no tiene por qué ser físico. Luego, si se pone mal de verdad, se puede anular. Comprobemos si podemos vivir juntos...

–En los casos normales es al revés. Los hombres quieren ir a vivir con su pareja y después tal vez casarse –alzó la voz mientras él exhibía una gran calma. Era un hombre peligroso, una amenaza para su futuro y bienestar–. Es imposible.

–No, no lo es. Tú estás lista para un bebé. Se nota cada vez que tocas a Merry.

–Tengo sobrinos de los que puedo ocuparme.

–Eso no te resulta satisfactorio –aseveró con una persistencia que la irritó porque tenía razón.

Faith anhelaba una familia, un bebé suyo. Giró la cabeza y miró a Merry, que dormía como un ángel, ajena a la tormenta que remolineaba a su alrededor y que podía cambiar su vida para siempre.

–Mi familia no te aprobaría.

–Parecen personas cálidas, cariñosas y razonables. No pueden ser muy diferentes de ti.

–Quieren algunas cosas para mí. Esperan que me case con alguien parecido a los chicos con los que he salido. No vamos a rodeos, a granjas o a ranchos. Somos gente de ciudad que asistimos a conciertos, a la ópera y al ballet. Quieren a alguien con un entorno similar al mío...

–¿Quién va a elegir a tu marido... tú o ellos?

–Sabes de lo que estoy hablando –repuso con impaciencia. Era un argumento demencial. Nunca había hecho algo impetuoso, temerario o impredecible. Unos besos mágicos y un vaquero sexy no eran motivos para cambiar.

–¿Es por mi herencia?

–No, pero ésa es otra diferencia en un mar de diferencias. Es tu pelo, tus botas y tu sombrero, tu estilo de vida, tu pasado y tu ocupación. ¿Cuántas diferencias debo mencionar? La más grande es que realmente no nos conocemos. ¿Cómo vas a mantener a una esposa? ¿Participando en rodeos?

–En realidad, es perfecto. Y en algún momento quiero comprar tierras y criar ganado. Sé cómo se lleva un rancho por los años que pasé con mi abuelo.

–Yo no puedo vivir en un rancho o casarme con alguien que no tenga un trabajo de nueve a cinco. Somos demasiado diferentes. Gracias por la cena y la proposición... y por una velada interesante.

–¿Y qué me dices de esto? –se acercó y el pulso de ella se aceleró; le rodeó la cintura con el brazo–. Parecemos coincidir en esto de un modo delicioso.

Jared cubrió su boca en un beso exigente y apasionado que ella resistió una décima de segundo. Cuando la lengua de él acarició la suya, Faith sintió como si le hubieran vuelto del revés las entrañas. La recorrió una oleada de calor y se le aflojaron las rodillas. Pasó los brazos por su cuello, pegó las caderas a las suyas y le devolvió el beso. Cuando él la rodeó con los brazos, ¿por qué no pudo recordar que le gustaban los hombres seguros y predecibles, dóciles?

El beso terminó de forma brusca, y ella quiso ceñir más sus brazos y bajarle la cabeza. Jared la observó mientras abría los ojos.

–Necesitas que te besen. Estás lista y en tu punto justo para vivir de verdad después de lo mucho que te has perdido. Quizá ambos nos esperábamos el uno al otro –habló con voz suave, pero con una nota de convicción que la sacudió–. Llevaré a Merry a casa –la soltó, cruzó la cocina para ponerse el sombrero y recoger a la pequeña. En la puerta se volvió para mirarla–. Pasaré a buscarte mañana por la noche a eso de las seis y media. Te mostraré los graneros, te presentaré a algunos de mis amigos y os dejaré a Merry y a ti en vuestros asientos. Luego, cenaremos algo en la mejor barbacoa del sudoeste. Mientras tanto, piensa en lo que te he pedido –abrió la puerta y se marchó.

El rugido de la furgoneta rompió el silencio, luego se desvaneció en la noche. Apagó la luz y fue al dormitorio, con un torbellino de imágenes y preguntas en la cabeza. Pensó en los besos de Jared y el cuerpo le ardió. El recuerdo era tan claro como si él estuviera presente. ¿Por qué habían sido tan espectaculares sus besos? Lo imaginó dándole el biberón a Merry, la expresión de su rostro mientras observaba al bebé. Su proposición la tentaba. ¿Casarse con Jared Whitewolf? Era imposible, absurdo, impensable. Entonces, ¿por qué se sentía tan confusa?

Tal vez estaba quemada por el trabajo. Miró sus manos, los dedos vacíos. ¿Por qué era tan vulnerable a Jared Whitewolf? Todo el día parecía como un sueño, pero sus besos eran una llameante realidad. Jamás conocería besos parecidos a esos de otra persona.

–Ése no es motivo para casarse con alguien –dijo en voz alta. Pero, ¿y si los besos habían sido igual de devastadores para él? ¿Y si se trataba de una atracción volátil que jamás encontrarían con otra persona? Sacudida por la idea, se preparó para meterse en la cama mientras sus pensamientos analizaban su proposición.

Y la dulce pequeña. Faith se sintió desgarrada por un aguijonazo de añoranza. Jared Whitewolf había captado sus sentimientos mejor que ningún otro hombre con el que había salido. Sabía que le preocupaba cumplir treinta años, y que amaba a los bebés y quería tenerlos. Su pequeña era preciosa. Quizá la experiencia de perder a su amigo y convertirse en padre había conseguido que deseara asentarse.

¡No podía casarse con un vaquero! A sus padres les daría algo. ¿Un hombre que había huido de su casa y que jamás había terminado la escuela secundaria? No era apropiado para ella, y no podía creer que la hubiera convencido para verse al día siguiente en el rodeo.

Miró alrededor del dormitorio, con sus muebles blancos y la alfombra azul claro. El cuarto parecía virginal... quizá porque lo era. Ningún hombre había pasado la noche allí. Una vez, en la universidad, había creído que estaba enamorada, pero la relación jamás se desarrolló en algo duradero. Aparte de eso, sus citas nunca habían sido íntimas. Era una mujer cauta, y también los hombres con los que salía.

Entonces, ¿qué le había sucedido a su gran prudencia en compañía de Jared Whitewolf?

Permaneció largo rato despierta, con los ojos clavados en la oscuridad, recordando tener a Merry en brazos, dándole el biberón. Si se casaba con Jared, tendría un bebé. No dentro de un año, sino en cuanto se casara. Pero, ¿qué pensarían sus padres de él?

Esa pregunta la devolvió a la realidad. Cerró los ojos, pero los recuerdos de Merry la invadieron. Luego esos recuerdos fueron de Jared. Sus ojos oscuros y brazos fuertes eran tan nítidos como si estuviera con ella en la habitación. Un vaquero alto que era todo lo que ella no era. Tuvo que reconocer que la excitaba como no lo había hecho ningún otro hombre.

Menos de veinticuatro horas más tarde Faith había conocido a una docena de personas amables y visto más caballos y toros que en toda su vida. Se preguntó si era la única persona en el gran establo de metal que no llevaba botas y vaqueros.

–Vamos, os llevaré a vuestros asientos –dijo Jared, guiándola por el brazo. La condujo hasta un palco vacío, donde se sentó con ella mientras ataba las correas del portabebés en el asiento de en medio.

Merry jugaba con un coche rojo de plástico–. Aquí tienes la bolsa con sus biberones por si tiene hambre. Me quedaría a esperar con vosotras, pero debo prepararme.

–Perfecto. Estaremos bien. Hmm, Jared, he notado que llevas espuelas –dijo, preocupada.

Él pasó al asiento de al lado del de Faith y apoyó una larga pierna en su rodilla.

–Las puntas están romas... tócalas. No voy a herir a los animales. Las espuelas me ayudan a aguantar –ella tocó una y lo miró mientras él metía la mano en un bolsillo–. Ten un programa. Cuando haya terminado, te llevaré a cenar –pasó los brazos por delante de ella y extrajo una carpeta del bolso de Merry. Ella percibió su fragancia y el leve contacto de los brazos sobre sus rodillas–. Éstas son unas cosas a las que quiero que le eches un vistazo en casa. Mi último reconocimiento físico, para que sepas que estoy tan sano como el caballo que voy a montar –puso los papeles en su mano–. Análisis de sangre. También hay una lista de todas mis posesiones y situación financiera. En este momento no le debo dinero a nadie. También están las direcciones y los teléfonos de mis hermanos.

–¡No hace falta que hagas esto! –sorprendida, Faith observó los papeles que había depositado en su mano.

–Claro que sí –respondió–. Si nos vamos a casar, deberías saber en qué te estás metiendo.

–No vamos a casarnos –afirmó, preguntándose si le prestaba atención. Sus ojos oscuros la recorrieron, y Faith fue consciente de la blusa de seda y de los pantalones que llevaba. Pudo ver aprobación en su mirada cálida, sentir ese veloz arco de tensión que borraba el mundo y estrechaba la existencia a ellos dos.

Él le dio un beso fugaz en los labios, apenas fue un roce, pero ella deseó cerrar los ojos, rodearle el cuello y ahondar el beso.

–Hablaremos de ello más tarde. Antes de irme,

deja que clave tu pendiente en mi sombrero para que me dé buena suerte –le quitó uno de los pendientes engastado con un diamante–. ¿De acuerdo? –preguntó a unos centímetros de ella.

–De acuerdo –apenas pudo responder, mirándole la boca y recordando sus besos. Se quitó el sombrero, atravesó la cinta con el pendiente y lo fijó cerca de las plumas–. ¿Por qué las plumas? ¿Más buena suerte?

–Algo parecido. Son de la granja del abuelo. Por eso se las ve tan ajadas, las tengo desde hace mucho –miró por encima del hombro–. ¿Ves esa puerta? Saldré por allí y, con suerte, montaré delante de ti. Esperemos que Demon Rum no me tire justo sobre tu regazo –comentó con expresión divertida.

–No sé si seré capaz de mirar. Nunca me he desmayado, pero como un toro de diez toneladas te pisotee... perderé el sentido.

–¡Cariño, si te preocupas! –bromeó, acariciándole la mejilla. El contacto fue ligero, pero encendió un deseo listo para arder–. Nos veremos luego –añadió.

Se puso el sombrero y bajó los peldaños; saltó por el muro y atravesó la pista en dirección a la puerta. Ella observó fascinada su fácil andar, y se preguntó por qué todo parecía más vívido e intenso desde que lo conocía.

Faith limpió el mentón de Merry con una toallita que sacó del bolso.

–Eres un encanto, y he de reconocer que también tu papi es atractivo. Quizá un poco terco.

Observó los papeles que tenía en el regazo y alzó el reconocimiento médico para leer las estadísticas. Tenía un historial sano. Sintió algo de alivio, ya que sospechaba que era el tipo de hombre que atraía a muchas mujeres, e imaginaba que hasta que apareció Merry, había mostrado una actitud relativamente abierta hacia el sexo.

La tensión era buena, el nivel de colesterol normal. El corazón y los pulmones estaban bien. Luego apareció una asombrosa serie de esguinces, fracturas y huesos rotos. La lista era larga, y se preguntó si todo se debía al rodeo.

Al revisar la hoja de su situación financiera quedó perpleja. Sabía que la impresión que tenía de él estaba mediatizada por su actitud en el parque. Parecía un trotamundos, y ni siquiera se le había ocurrido que pudiera tener una cuenta bancaria, pero los números que veían sus ojos resultaban impresionantes. Acomodó los papeles sobre las rodillas y estudió en serio la información.

Tenía unos ahorros considerables, más su casa de Peoria, que había sido tasada más o menos en lo que ella había considerado el valor de una propiedad en aquella zona. Dusty había dejado un fideicomiso para Merry. Faith había sospechado que uno de los motivos de la proposición de Jared se había debido a sus importantes ingresos fijos, pero en ese momento supo que no era verdad.

Volvió a mirar las cifras, incapaz de comprender cómo un hombre que no trabajaba con un horario regular pudiera haber ahorrado tanto. ¿Cómo podía pasar los días en el parque y tener ese dinero? Sacó la hoja con las direcciones de sus hermanos. En ella se veía la foto de tres niños. Era vieja, y la alzó.

Jared había escrito sus nombres, señalando a cada uno con una flecha. Él parecía el menor de pie entre los otros dos. Los tres tenían el mismo pelo negro, la mandíbula firme y los pómulos prominentes. Tuvo que reconocer que Jared le resultaba el más atractivo de los tres.

Debajo de la foto había escrito datos personales:

Wyatt: treinta y tres años, padre de Kelsey y de las gemelas Robin y Rachel. Su esposa es Alexa.

Matt: treinta y cuatro, soltero confirmado. Cultiva trigo en su granja de Oklahoma.

Madre: Costa Whitewolf, murió por sobredosis de droga en un hospital de Wakulla.

Abuelo: Loughlan Whitewolf. Abuela: Cornelia White-wolf. Tienen una granja en el sudoeste de Oklahoma, cerca de Lawton.

Faith depositó la hoja en la carpeta y guardó ésta en el bolso de Merry. La niña comenzó a moverse; le soltó las correas y la alzó en brazos.

–Apuesto que estás cansada de estar ahí sentada. Levantémonos y busquemos a tu papi con la vista. Aunque no estoy segura de que ninguna de las dos deba mirar.

Merry farfulló y Faith la abrazó mientras se movía por el palco. Los asientos comenzaron a llenarse, y cuando se inició el rodeo, levantó a Merry para que pudiera ver el desfile de los caballos.

El primer número era una monta a pelo y la pequeña comenzó a quejarse, así que Faith la puso en el asiento, le cambió el pañal y luego la alzó para darle un biberón.

Mientras la alimentaba observó al primer caballo salir de su cajón y ponerse a corcovear; el jinete voló por el aire y aterrizó con dureza en el suelo. En la siguiente monta cerró los ojos. Tenía las palmas de las manos húmedas. ¿Cómo podía ganarse Jared la vida de esa manera?

Siguió la lazada de terneros; ahí se atrevió a mirar. Luego fue el número de los payasos, y después estaba programada la monta con silla de caballos broncos. Los nervios de Faith aumentaron. Si no había sido capaz de ver cómo tiraban a hombres que no conocía, ¿cómo iba a poder ver a uno que le importaba?

Al sonar el aviso, el primer jinete salió del cajón. Faith contuvo el aliento, horrorizada ante los corcoveos y los giros bruscos del caballo; al caer, el hombre levantó una polvareda. Dio la impresión de que iba a ser pisoteado, pero rodó y se incorporó, recogió el sombrero y se marchó seguido de aplausos, mientras otros vaqueros sacaban su caballo de la pista. Faith miró a Merry, que contemplaba todo con ojos solemnes.

–Tu papi es el tercero, aunque imagino que estarás más interesada en seguir bebiendo el biberón.

Cuando sonó el aviso, alzó la vista para ver a otro jinete. En esa ocasión el hombre aguantó más, y fue tirado al suelo justo antes de que sonara el claxon. Aterrizó de espaldas y se levantó con la misma facilidad que el primer vaquero. De nuevo volvió a preguntarse qué clase de hombre era Jared que disfrutaba de ese deporte y se ganaba la vida practicándolo.

Al mirar pudo atisbar el sombrero negro de Jared. El caballo corcoveó un poco mientras el locutor hablaba, anunciando su nombre y sus victorias. Entonces sonó el aviso y se abrió la puerta del cajón.

El animal salió disparado. Jared adelantó los pies, oscilando adelante y atrás mientras mantenía una mano elevada en el aire. Faith contuvo el aliento al ver que perdía el sombrero y resistía en la silla. El caballo se retorció y encabritó, acercándose al palco. Ella oyó el sonido sordo de los cascos contra la tierra, los bufidos del animal, hasta que quedaron ahogados por los vítores y los aplausos. Cerró los ojos con fuerza; luego abrió uno para espiar.

Sonó el aviso y los aplausos se volvieron ensordecedores. Jared se deslizó al lomo del cabalo de un jinete de recogida y de ahí saltó al suelo; fue a recoger su sombrero y sacudió el polvo contra la pierna. Se volvió hacia ella, saludó y se dirigió a la valla, que saltó para aterrizar del otro lado.

Faith tenía las manos húmedas y se había mordido el labio; abrió la boca para respirar, dándose cuenta de que había contenido el aire durante toda su monta. No quería verlo sobre un toro. Un caballo había sido suficiente. Miró a Merry, que tenía los ojos cerrados mientras succionaba la tetilla del biberón.

–Tu padre es salvaje, duro, encantador y está loco. Y a pesar de lo adorable que eres, no puedo formar parte de su vida. No en los próximos mil años –susurró.

Capítulo Cinco

El siguiente número consistía en el derribo de un ternero por los cuernos, y parecía bastante violento a su manera, aunque no tan duro como la monta. Luego siguió la lazada en equipos. Durante un momento Faith disfrutó del rodeo, observando a mujeres hermosas cabalgar como el viento.

Los payasos ofrecieron una exhibición y Faith lamentó que Merry se hubiera quedado dormida. El último número de la velada era la monta de toros. Jared salía primero y Faith no se creyó capaz de verlo. Suspiró hondo, con la niña en brazos.

Sonó el aviso y la puerta se abrió.

El enorme toro gris escapó del cajón moviendo a Jared como si fuera un muñeco, aunque éste se aferró al lomo a pesar de los corcoveos y las patadas. El animal parecía un monstruo con su ancha cornamenta y su cuerpo sólido. Faith se sintió mareada y acalorada, aterrada por él. Incapaz de mirar, cerró los ojos. Si resultaba herido o pisoteado, no podría soportarlo.

Sonó el claxon. La pista se llenó de aplausos, vítores y silbidos. Abrió los ojos y vio al toro girar en el aire. Jared salió volando para aterrizar de costado mientras el animal embestía.

Faith soltó un grito y aferró la barandilla con una mano mientras con la otra sostenía a Merry. Jared rodó fuera del camino del animal, se levantó de un salto y corrió en dirección a la puerta, al tiempo que los payasos agitaban sombreros ante el toro, que había cargado contra Jared durante unos metros antes de desviarse para perseguirlos.

Faith volvió a dejarse caer en el asiento y lo contempló saltar la valla y desaparecer. Se limpió la palma húmeda contra los pantalones, trató de controlar la respiración y esperó hasta que su corazón se calmó. Salió el siguiente jinete; como no quería mirar más, bajó la vista a la pequeña. Al oír el jadeo de la multitud, alzó la vista y vio al hombre tendido en el suelo. Unos hombres corrieron a ayudarlo mientras los payasos distraían al toro.

El siguiente lo hizo mejor, pero no duró hasta el claxon.

—¿Te ha gustado tu primer rodeo? —preguntó Jared al dejarse caer en el asiento a su lado.

—Estaba asustada. ¡No sé cómo puedes hacerlo!

—Puedo ganar mucho dinero —sonrió. Tenía tierra en la cara y un rasguño en la mejilla.

—¿Has pensado alguna vez en hacerte contable, o algo cuerdo y sensato?

Él rió y le tocó la nariz. Se quitó el sombrero y soltó el pendiente.

—Me ha traído buena suerte, aunque lo sabía.

—Creo que has tenido mucha suerte antes sin mi pendiente —repuso con tono seco, agitada por su proximidad.

Se adelantó y volvió a ponerle el pendiente; le rozó la oreja y el cuello, con el rostro apenas a unos centímetros del suyo. Olía a polvo, a cuero y a sudor. Le miró la boca, y recordó sus besos.

—Vámonos —dijo él—. Pondré a Merry en el portabebés.

Mientras subían unos escalones, Faith oyó al locutor diciendo que el ganador de la monta de toros había sido Jared Whitewolf.

—¿No tienes que quedarte?

—Esta noche no. Acumulo puntos. Regresaré mañana por la noche. Ahora nos vamos.

En esa ocasión Jared la llevó a un restaurante atestado; les dieron un reservado del rincón. Las mesas eran de madera, el suelo de terrazo y en la estancia flotaba el tentador olor de carne asada a leño. Merry seguía durmiendo, con las manos plegadas sobre el regazo.

—Es un ángel, Jared.

—Sí que lo es.

Pidieron, y mientras comían unas jugosas costillas, Jared volvió a preguntarle sobre su trabajo.

—¿Así que si quisieras podrías abrir tu propia oficina y harías lo mismo que haces ahora?

—Sí, podría. Y quizá algún día lo haga. De momento, soy feliz donde estoy y no quiero la responsabilidad de llevar mi propia empresa.

—Da la impresión de que ya conoces a mucha gente a la que le gustaría que llevaras sus cuentas. Podrías trabajar desde un rancho.

—¿Crees que puedes solucionarlo todo tú? —preguntó entre irritada y divertida.

—Analizo las posibilidades —se encogió de hombros.

—Bueno, pues entonces contempla la posibilidad de conseguir un trabajo regular de nueve a cinco, contratar a una niñera, salir con alguien unos meses y luego declararte.

—Eso no es lo que deseo hacer. Tampoco es necesario. Podré ocuparme de Merry trabajando en los rodeos y en el rancho. Ya has visto lo que gano.

—Sí.

—Te sorprendió, ¿verdad? —preguntó divertido—. Me tenías catalogado como un aventurero trotamundos.

—Con o sin ingresos, ante mis ojos sigues siendo un trotamundos.

—Trabajaré en mi imagen —afirmó, y ella se preguntó si le había planteado un desafío.

Mientras terminaban las costillas, el restaurante se fue vaciando y la conversación volvió a centrarse en sus familias.

–¿Tus abuelos han visto a Merry?

–Sí, me quedé con ellos justo después de la muerte de Dusty. Tuvieron cinco hijos más, aparte de mi madre, y tres de ellos viven en granjas de la zona, así que la abuela cuida de un montón de nietos. El resto de la familia está bastante asentada. Como la tuya. Mis hermanos y yo fuimos el único grupo salvaje –se adelantó para pasar los dedos por su mano y su muñeca–. Voy a demostrarte que puedo asentarme como una roca en el fondo de un estanque. Al morir Dusty y recibir a Merry, algunas de las mujeres de los chicos me ayudaron a cuidar de ella durante unos días, mientras preparábamos el entierro. No tenía otra familia, así que yo me ocupé del funeral y de todos los papeles legales. Luego hice las maletas y me llevé a Merry a casa, con la abuela. Ella me enseñó a cuidar del bebé. Ya tenía programado un rodeo en Arizona, así que Merry y yo nos fuimos al oeste y ahora vamos a volver. Esta vez quiero ver a mis hermanos. Imaginé que la abuela ya les habría contado lo de la niña, pero no debió decírselo a Wyatt.

–Así que hay cierta estabilidad en tu vida.

–¿Eso alivia tu corazón? ¿O me da alguna posibilidad más contigo? Los abuelos son tan estables como tu familia. Llevan en la granja desde que les fue entregada por el gobierno americano cuando repartió tierras a los indios –alargó el brazo y deslizó la mano detrás de la nuca de Faith–. Cuando me asiente, lo haré para siempre.

–Tú mismo dijiste que no se podía planificar todo –indicó ella, sintiéndose consumida por sus ojos, consciente de los dedos que le acariciaban el cuello. ¿Qué era lo que la impulsaba a ese peligro? Sabía que ya tendría que haberse despedido, pero ahí estaba.

–Planeo asentarme –repuso Jared–. Seguiré en el circuito profesional del rodeo, pero pretendo regresar a mi casa, junto a mi familia.

–Jared, eso suena maravilloso, pero tú y yo... bueno, es absolutamente imposible.

–Vayamos donde podamos hablar con un poco más de intimidad –recogió a Merry y se levantó.

Cuando salieron al exterior, la noche era apacible y buena, con una brillante luna llena y una brisa fresca. Jared le pasó el brazo por los hombros y caminó en silencio a su lado.

Una vez en la furgoneta, condujeron por la ciudad, y en la cima de una colina contemplaron la vista de Tulsa iluminada. Al oeste serpenteaba la franja oscura que era el río Arkansas; al este brillaban luces en las zonas residenciales.

Al llegar al apartamento de Faith, Jared atravesó la cancela y aparcó ante su edificio. Alzó en brazos al bebé dormido.

Justo cuando entraban en el piso, Merry despertó con brusquedad, y antes de que Jared pudiera sacarla del portabebés, lloraba en voz alta.

–Yo la calmaré –dijo Faith–, mientras tú le preparas el biberón. Vamos –le dijo a la pequeña, yendo hacia el dormitorio–. Te cambiaré, te pondré el pijama y estarás lista para entrar en la tierra de los sueños.

Merry se quejó y movió las extremidades, nada interesada en la charla.

–Dame a mi niña y haremos que deje de chillar –dijo Jared con el biberón en una mano. Con la vista recorrió el cuarto y Faith se ruborizó, imaginando lo estéril que debía parecerle. Cruzó la habitación, y su absoluta masculinidad pareció invadir la zona. Ella supo que jamás podría olvidar su presencia en el dormitorio–. Aquí es donde duermes –la miró a los ojos, y el fuego ardiente que ella percibió le hizo palpitar las entrañas. Le quitó a Merry de los brazos y unas manitas pequeñas aferraron el cuello de la botella, llevándosela a la boca–. Miss Piggy –comentó divertido–. Parece como si llevara días sin comer –se sentó en la mecedora blanca–. ¿Puedo?

–Claro –ella se sentó al pie de la cama y se quitó los zapatos de tacón alto. Él parecía completamente relajado, mientras que ella se sentía nerviosa, demasiado consciente de él en ese entorno íntimo que había considerado una parte privada de su vida. Se había desabrochado los botones superiores de la camisa, dejando al descubierto parte de su torso. Dominaba el cuarto, tan incongruente en el dormitorio blanco y azul como un tigre en un baño de espuma.

–¿Has montado alguna vez un caballo, Faith?

–Sí, aunque hace mucho. A los diez años tomé lecciones y cabalgué con bastante asiduidad, pero ésa fue la última vez. ¿Has ido alguna vez a un concierto sinfónico?

–No –meneó la cabeza–, pero estoy dispuesto a probarlo. ¿Dónde están las fotos familiares? –preguntó mirando alrededor de la habitación.

–En el otro cuarto. Hay una pared llena.

–Cuando Merry termine de comer, me las puedes mostrar.

–Somos tantos, que resulta confuso.

–Nosotros tenemos muchos tíos, así que estoy acostumbrado al caos de una familia grande.

–Si te marchaste de casa a los dieciséis años, no puedes estar acostumbrado a una familia.

–No es verdad. A los dieciséis años ya has dejado atrás los años formativos. Además, fui de visita muchas veces a la granja.

–No pude evitar fijarme en tu historial médico. ¿Todos esos huesos rotos los produjeron los rodeos?

–Sí. Pero el brazo roto fue por el desgraciado bastardo que hacía el marido número cuatro de mi madre.

–¡Qué terrible!

–Gracias a Dios, no duró mucho en nuestras vidas. Mi madre sabía elegirlos. Eran tan salvajes como ella –miró a Merry mientras ella jugaba con su barbilla. Gruñó y fingió que le mordía los dedos. Ella rió y en las comisuras de la boca se le formaron burbujas de leche. Luego se dedicó de nuevo a tomar el biberón y a pasarle los dedos por el mentón–. ¿Te gustó el rodeo? –le preguntó a la pequeña–. ¿Viste a tu papá montado en el gran toro? Algún día tendrás tu propio caballo –de repente él alzó la vista y la vio observándolo fijamente; Faith se ruborizó. Cuando Merry terminó la botella, Jared la alzó a su hombro y le dio palmaditas en la espalda–. Vayamos a conocer a la familia.

Faith encendió la luz del otro dormitorio, que tenía una cama matrimonial y una decoración en tonos beige. Mientras le explicaba quién era cada persona en las fotos familiares, fue muy consciente del roce del cuerpo de Jared.

Al terminar, Merry se había vuelto a quedar dormida y Faith era un manojo de nervios debido a sus ligeros contactos.

–Traeré una manta –dijo–. ¿Puedo ponerla en la cama? Si la rodeo de almohadas, no correrá el peligro de caerse.

La dejaron dormida y apagaron la luz antes de ir a la cocina. Pero al cruzar por el salón, Jared la tomó por un brazo y la hizo girar.

–Llevo esperando desde anoche para estar a solas contigo –musitó, atrayéndola.

A Faith se le aceleró el pulso. Ése era el momento de decir que no, pero cualquier resistencia se desvaneció al enfrentarse a su ardiente mirada. Quería estar en sus brazos, deseaba sus besos. Se dijo que eso no significaba que quisiera casarse con él, aunque el pensamiento se esfumó en cuanto él ciñó el brazo alrededor de su cintura e inclinó la cabeza.

Le cubrió la boca con la suya y Faith tembló. El deseo, ardiente como una llama, la quemó, produciéndole un dolor en la parte inferior del cuerpo, una necesidad básica que era tan poderosa como la necesidad de respirar. Sus besos resultaban embriagadores, y el mareo dominó sus sentidos.

Con firmeza la encajó contra su cuerpo con una

mano y con la otra le acarició el pelo. Ella sintió su excitación, supo que la deseaba. Eempezaba a descubrir que nunca antes había anhelado a un hombre tanto como a él. Acariciarse mutuamente era maravilloso. Le encantaba el estímulo y el desafío que Jared representaba. Sabía que era la persona equivocada, pero sus besos no podían ser más idóneos.

Deslizó los dedos por la fuerte columna de su cuello. La cinta de cuero que le había estado sujetando el pelo se soltó. El pasó lentamente la mano por su cuello y bajó en prolongado tormento hasta que llegó al pecho, que acarició con suavidad, haciéndola gemir y jadear. Los pezones se le contrajeron. Su anhelo aumentó. Jared introdujo la mano por debajo de la blusa de seda y tomó uno de sus pechos.

Hizo a un lado el sujetador de encaje y le acarició el pezón con el pulgar. Ella le atrapó la mano, tratando de inyectar cordura en el momento.

—Jared, espera —musitó, desgarrada entre el deseo frenético y el conocimiento de que debía parar.

Él frenó el sensual embate para mirarla mientras ella trataba de recuperar el aliento y se arreglaba la ropa. Ese alto vaquero entraba a saco por sus defensas, aplastándolas con besos que derretían la resistencia y el sentido común. Pero su agitación le indicaba que también Jared sentía algo.

Él hurgó en el bolsillo y sacó un estuche.

—Cásate conmigo, Faith —pidió, abriéndolo.

Un anillo centelléo a la débil luz procedente del vestíbulo. El brillo del diamante contenía promesas de excitación, de una vida como nunca había soñado experimentar. Y de locura.

¿Cómo podía siquiera considerar casarse con él?

Contempló el anillo mientras Jared lo sacaba del estuche. Le tomó la mano y la miró con una expresión de interrogación.

—No puedo —susurró Faith—. Ya te he expuesto todos los motivos.

—Mis motivos para casarnos son mejores. Sabes que entre nosotros hay algo que ninguno de los dos ha conocido con anterioridad. Esto también es especial para mí, Faith —le alzó la cabeza para que lo mirara, y ella pudo sentir la fuerza de su determinación envolverle el corazón. Te deseo. Más adelante podemos enamorarnos.

—Enamorémonos primero.

—Te necesito ahora. Merry necesita una madre.

—¡Contrata a una niñera! —espetó ella, saliendo de su atontamiento.

—Te quiero como esposa. No tiene por qué haber una unión física hasta que estés lista.

—¡Ése es el menor de los problemas! —exclamó, sabiendo que hacía uso de toda su voluntad para evitar arrastrarlo al dormitorio—. ¡No te conozco! ¡No estamos enamorados!

—Arriésgate, Faith —su voz sonó profunda, fuerte y enloquecedoramente segura—. Sabes que no eres feliz con la vida que llevas ahora. Te encantan los niños y quieres uno. Yo te ofrezco lo que quieres.

—No estoy lista para esto —susurró, sintiendo pánico.

Pero la atraía su lado salvaje, esa faceta que le permitía hacer lo que deseaba. Llevaba una vida que ella jamás se había atrevido a experimentar. Siempre había hecho lo que se esperaba de ella, había seguido los pasos del resto de su familia. Vivían cerca, iban a la misma iglesia. Ella trabajaba para su tío.

Pero ahí estaba con un torbellino que no le prometía esa estabilidad. Era un factor desconocido, un aventurero, salvaje y peligroso. Era un trotamundos que seguía sus caprichos. Lo miró en silencio mientras sus emociones luchaban como feroces combatientes.

—Si dices que no, me iré —informó él en voz baja—. No pienso quedarme a tu alrededor como esos tipos que conoces de toda la vida. No me gustan los cortejos prolongados.

—¿Cómo sabes que te gustará el matrimonio?

–Sé lo que quiero –aseveró con ojos en los que ardía un fuego que le llegó al corazón–. Siempre lo he sabido. Cásate conmigo.

Si decía que no, sabía que él desaparecería para siempre de su vida. No lo dudaba. Estaba segura de que no era un hombre que jugara con faroles o hablara en vano. Y si se iba esa noche, ¿pensaría siempre que había tirado por la borda una vida de felicidad?

–Me gustan las bodas por la iglesia –dijo casi sin pensarlo.

–Perfecto. Pero que no lo alargues mucho. Merry necesita una madre.

Debería decirle adiós. Dejar que se marchara. Quería casarse con el fin de conseguir una niñera. Ése era el motivo básico... aunque sabía que no. Había algo espectacular entre los dos. También él lo percibía.

–Faith, sabes lo que te está dictando el corazón. Esto está bien. Lo siento en el alma.

–No puedo hacerlo. No puedo. Va en contra de toda mi vida –dijo, con ganas de retorcerse las manos y apretar los dientes con fuerza–. Va contra mi familia, mi educación, mi buen juicio. No, no puedo.

Él depositó el anillo en el estuche, lo cerró y se lo guardó en el bolsillo. Le dio un beso fugaz en los labios y pasó a su lado de camino al dormitorio para recoger a Merry.

Ese vaquero alto y estimulante iba a marcharse de su vida para siempre, y volvería a las noches y los fines de semana vacíos, a las largas horas de trabajo y nada más.

Regresó con Merry, que seguía dormida. Faith los siguió hasta la cocina. Se puso el sombrero y se detuvo con la mano en el picaporte mientras la miraba con expresión enigmática.

–Te echaré de menos –dijo con voz suave. Abrió la puerta, salió y desapareció.

Capítulo Seis

Faith miró la cocina vacía. ¿Era eso lo que quería? Recordó estar en brazos de Jared, sostener a Merry.

Salía de su vida para siempre. No tenía ni idea de cómo encontrarlo. ¿Quería llevar su vida del modo en que siempre lo había hecho? ¿Quería la misma rutina? ¿El mismo trabajo?

¿Quería un bebé?

Todo en su interior le gritaba que fuera tras él. «¡Arriésgate por una vez!»

Jared adoraba a Merry y cuidaba bien de ella. Era solvente, tenía planes de futuro. Sus besos eran mágicos, la química existente entre ellos imposible de ignorar. ¿A quién esperaba... a un clon de sus hermanos y de su padre?

No podía dejarlo ir. Con el corazón latiéndole con fuerza, atravesó la cocina y salió por la puerta. Lo vio inclinado sobre el asiento trasero de la furgoneta, colocando a Merry.

—¡Jared! —éste se irguió y se volvió. Se detuvo a un metro de él. El viento le agitó el pelo—. Sí, me casaré contigo —soltó con voz que le sonó extraña y lejana. Él no se movió, y Faith se preguntó si había cambiado de parecer.

—¿Sabes lo que estás haciendo? —inquirió él.

—No —meneó la cabeza—. Pero no quiero que te vayas.

Jared redujo el espacio que los separaba y la atrajo con fuerza mientras se inclinaba para darle un beso arrebatador que hizo que ella olvidara la proposición, su aceptación, todo menos a él. Su lengua inva-

59

dió su boca; temblando, Faith se aferró a él y le devolvió el beso. Sintió como si se hubiera soltado de aquel risco y hubiera caído a un río de aguas turbulentas.

Deslizó las manos por los anchos hombros, le rodeó el cuello y rezó para que fuera tan buen marido como padre. Al derretirse contra él, supo que su vida nunca sería la misma. Aturdimiento, incertidumbre y dudas... todo se vaporizó. Jared alzó la cabeza y ella experimentó una pérdida. Abrió los ojos para ver que la observaba con su habitual expresión perturbadora. La luna bañaba el rostro de Faith, pero el de Jared se hallaba en la sombra. Sacó el estuche y el anillo. Extendió la mano de ella y se detuvo unos segundos.

—¿Te casarás conmigo, Faith?

—Sí —repuso ella.

Le puso el anillo y luego la abrazó para volver a besarla. Su boca era firme y cálida, la leve barba le hizo cosquillas en su suave piel.

—No lo lamentarás —dijo en voz baja—. Prometo realizar todo lo que esté a mi alcance para hacerte feliz. Formaremos una buena familia —le dio otro beso ardiente que la sacudió. Deslizó la boca hasta su oreja—. Podría llegar a amarte, cariño —susurró.

Con cada beso ella se sintió necesitada. Cada uno la elevó a alturas cada vez más vertiginosas, haciendo que deseara mucho más. Al mismo tiempo, se sentía insegura y supo que debían dejar algunas cosas claras. Lo empujó un poco por el pecho y él levantó la cabeza.

—Jared, deberíamos hablar de esto —él le pasó la mano por el cuello y ella casi perdió el aliento—. Sé que nos sentimos atraídos el uno por el otro, pero tú dijiste que podía ser un matrimonio de conveniencia. Me encantan tus besos —reconoció con un intenso rubor—, pero debes darme algo de tiempo. Tú no quieres esperar para casarte. Yo quiero esperar para la parte física hasta que nos conozcamos. Así existirá una posibilidad de que nos enamoremos y no confundamos la lujuria con lo verdadero.

—Lo que tú desees —aceptó—. Esperaremos hasta que tú quieras.

—¿Sigues queriendo casarte de inmediato con esas condiciones? —respiró hondo y se preguntó qué clase de pacto estaba estableciendo. No era el matrimonio que siempre había imaginado.

—Ya te lo he dicho, sé lo que quiero —le dio un beso fugaz—. Además, cariño —musitó, acariciándole la oreja con la lengua, provocando surcos de fuego en su interior—, no creo que la espera vaya a ser tan larga como tú crees.

Ella no pudo resistirse y giró la boca para recibir otro beso prolongado. Cuando él la soltó, lo miró.

—¿Quieres volver dentro? —preguntó.

—No, iré a acostar a Merry. Te daré tiempo para pensar en tus planes de boda. Casémonos pronto, Faith. Aquí tienes el número de teléfono de mi hotel —sacó un trozo de papel.

—¿Hotel? Creí que habías dicho que tenías una casa en Peoria —lo miró al tiempo que experimentaba una oleada gélida de dudas.

—La tengo. Dusty me la dejó, podemos ir a inspeccionarla mañana y ver qué deseas hacer con ella. Ahora mismo, Merry y yo nos alojamos en un hotel.

—¿Qué más desconozco? —cerró los ojos—. ¿Cuántas otras sorpresas me reservas?

—Te adaptarás muy bien, cariño —le alzó la barbilla y le dio un beso—. Entrarás en mi vida y la enderezarás, y dejarás todo como a ti te guste. Mañana por la noche iremos al rodeo, y lo mejor será que me presentes pronto a tus padres.

—Haré los preparativos. Se van a desmayar, Jared. Justo delante de ti. Peor, quizá mis hermanos te saquen a golpes.

—Apuesto la furgoneta a que tus hermanos no son violentos —sonrió—. No me preocupan.

–Imagino que tienes razón. Y mi abuelo... ¡cielos! El abuelo Kolanko dice exactamente lo que piensa.

–Te acompañaré a contárselo, en especial a tu abuelo. Te llamaré cuando llegue al hotel.

–¿Qué he hecho?

Volvió a atraerla y le dio un último y devastador beso que la dejó deseando más. Su boca era fuego y un vino embriagador, y cada beso desvanecía sus preocupaciones.

–¿Ves?, estás lista para el matrimonio –anunció con voz ronca, mientras la mano bajaba despacio por su espalda hasta la cadera.

–No me des prisa.

–Ni se me ocurriría –rodeó la furgoneta y subió detrás del volante. Se despidió con un gesto de la mano.

Ella vio cómo se marchaba antes de entrar de nuevo y cerrar la puerta. Levantó la mano y contempló el anillo. Centelleó a la luz; era lo bastante grande como para impresionar a su familia.

Al pensar en su familia sintió un nudo en el estómago. ¿Había perdido el juicio? Jared Whitewolf había irrumpido en su vida como un torbelino. Tocó el anillo. Iba a ser esposa y madre. Algo cálido y jubiloso floreció en su interior y desvaneció sus temores.

Una vez en la cama, permaneció mirando la oscuridad, recordando la conversación que mantuvieron. De una cosa estaba segura... quería un hijo propio. Si ese matrimonio loco funcionaba, sería maravilloso. Si no, representaría la oportunidad de tener su hijo. Merry sería de él. Pero *su* hijo sería de ella. Al pensar en ser madre de Merry y de otro bebé, Faith soltó un suspiro de gozo.

Se levantó de la cama, encendió la luz y buscó papel y pluma para hacer una lista, que estudió con detenimiento. Luego sacó la tarjeta con el número de Jared. Marcó, esperó y pidió hablar con su habitación.

—Hola —respondió su voz profunda.

—¿Estabas durmiendo?

—No, cariño —repuso—. Pensaba en ti.

—Jared, he estado pensando en nuestro... —calló. Era difícil soltar las palabras. Aún parecía un sueño, algo imposible. Se iba a casar con un vaquero al que apenas conocía—. Nuestro matrimonio. Creo que debería dejar claro lo que deseo. *Tú* quieres una madre para Merry, y eso me satisface. Pero yo quiero... —una vez más le fallaron las palabras. Agradeció no tener delante sus penetrantes ojos. Se irritó consigo misma por actuar de manera tan tonta—. Yo quiero un hijo —declaró.

—Lo sé —respondió él despacio—. Y nos esforzaremos para conseguirlo. Cuando tú estés lista.

—Además —se secó las palmas húmedas y suspiró; comprobó la lista—, ¿aceptarás vivir un par de años en la ciudad antes de que probemos el rancho?

—Nos mudaremos cuando sea el momento adecuado —su tono sonó divertido—. ¿Compruebas tu lista?

—De hecho, sí —se sintió avergonzada—. Llamaré a mamá y haré los preparativos para que nos reunamos con mi familia este fin de semana.

—Perfecto. El fin de semana próximo tengo un rodeo en Oklahoma City. Le prometí a mis hermanos que los vería, y luego iré a visitar a mis abuelos. Saca tu agenda, Faith, y elijamos la fecha de la boda.

—¿Qué te parece el treinta de mayo? —dijo después de repasar el mes siguiente en su agenda.

—¿Y a ti el veintisiete de abril o el dos de mayo?

—¡Me será imposible!

—Claro que no. No lo posterguemos. Eso era parte del trato. Tengo un rodeo el primer fin de semana de mayo. Podemos casarnos e ir a Colorado Springs para el rodeo.

—Llamaré mañana para hablar con la iglesia y te lo haré saber. Jared, aún tienes que contratar a una niñera para que yo pueda seguir trabajando.

–Tal vez. Con mi programa de rodeos, Merry y tú estaréis conmigo los fines de semana, y tú puedes cuidarla mientras monto. Durante la semana, puedo estar en casa con ella o llevarla conmigo a buscar tierras. He de comprar una tierra antes de poder trabajar como granjero –esperó sin escuchar otra cosa que el silencio; se preguntó si ella tachaba la palabra niñera de su lista.

–No sé si saldrá de esa manera.

–En ese caso, realizaremos los ajustes pertinentes. Si te quedas embarazada, ¿seguirás trabajando? Sabes que puedes hacerlo desde casa.

–No lo sé, Jared, muchas de mis amigas que se han casado no consiguieron quedarse embarazadas con facilidad.

–No se me ocurre nada más placentero para intentar conseguir –escuchó otro silencio–. ¿Sigues ahí, Faith?

–Sí. Imagino que esto es todo por el momento. Tú lo tenías programado en la cabeza tanto como yo en la lista.

–La mía es más elástica. Me adapto con suma facilidad.

–Espero que puedas hacerlo con mi familia.

–Dime de nuevo todos los nombres y las edades de los críos.

Ella dejó a un lado la lista, la agenda y la pluma y se recostó en las almohadas para hablar con él. Al rato, apagó la luz y se metió en la cama, escuchando su voz mientras le contaba cosas de la granja de su abuelo y del caballo que más le gustaba. Faith notó que al hablar de sus abuelos la voz se le suavizaba. Al menos esa parte de su infancia tenía buenos recuerdos.

La charla pasó de la familia a las películas y los deportes. Le explicó cómo se montaba a los caballos broncos y a los toros, cómo funcionaba la puntuación. Ella se fue quedando adormilada mientras se preguntaba cuánto iba a cambiar su vida.

–¿Cariño?

–¿Hmm?

–¿Te quedas dormida?

–Supongo.

–Me encantaría que estuvieras en mis brazos. ¿Recuerdas nuestros besos?

–Demasiado –respondió mientras sentía que el deseo volvía a encenderse en su cuerpo.

–Bien. Seguro que los recuerdas, porque yo también lo hago. Lo que tenemos es bueno, cariño. Es muy especial. Buenas noches, Faith.

–Buenas noches –susurró, y colgó. Miró el reloj y quedó sorprendida. Eran casi las doce y media. ¿Cómo había hablado hasta tan tarde? Apoyó la cabeza en la almohada y cerró los ojos, soñando que estaba en sus brazos.

Jared yacía en la oscuridad con las manos detrás de la cabeza; pensaba en la conversación con Faith. Era eficiente, una planificadora nata. Quería un hijo, aunque eso quedó claro a los primeros minutos de haberla visto. Era inquieta, ya no se sentía satisfecha con su carrera. Su proposición le había ofrecido la oportunidad de tener el bebé con el que soñaba.

Pudo imaginársela sentada en la cama con la lista delante, planeando su futuro. *Quedar embarazada, tener un bebé, volver a la vida habitual y a la maravillosa carrera profesional... y decirle adiós al vaquero.* Tendría su hijo y su carrera, y su vida estaría completa. ¿La había agobiado demasiado? ¿Tendría que haber optado por cortejarla y ganarse primero su amor?

Se frotó la barbilla. No había motivo para que eso no tuviera lugar después de la ceremonia. Faith le había pedido tiempo antes de que consumaran el matrimonio. Bueno, pues se lo daría. Jamás había hecho demasiados planes más allá del siguiente rodeo, pero iba a cambiar. Después de casarse, intentaría ganarse su amor.

Inquieto, se levantó de la cama y se acercó a la ventana. ¿Podría hacerla feliz? Sólo era un vaquero, y ella estaba acostumbrada a la ciudad. «No soy lo bastante bueno para ella», pensó, sabiendo exactamente cómo se sentiría su familia.

¿Y él qué sabía sobre un matrimonio feliz? Casi nada... sólo lo que había experimentado en la granja de sus abuelos. No había crecido con unos padres cariñosos. Estaba en juego la felicidad de tres personas... ¿había actuado con demasiada precipitación?

Recordó tener a Faith en brazos, pero las dudas se mezclaron con los recuerdos. El amor y el matrimonio requerirían algo más que besos apasionados. Se acercó a la cuna portátil de Merry y le acarició la suave mejilla. Un año atrás habría salido corriendo ante la perspectiva de una boda; pero en ese momento, aunque estaba asustado, le parecía bien.

Perturbado, incapaz de desterrar las dudas, se acercó otra vez a la ventana. Quería un rancho y creía que podría llevar uno. Tenía ahorros, y el abuelo había dicho que lo ayudaría a ponerlo en marcha.

Mientras miraba la oscuridad pensó en su futuro. ¿Podría sacar a Faith de su trabajo? Sería capaz de desempeñarlo desde el rancho, y durante un tiempo podría ir y venir en coche, siempre que encontrara unas tierras cerca de la ciudad. Eso no le preocupaba. Lo importante era ganarse su amor.

El domingo, la sensación de hallarse en un sueño se agudizó. Faith pasó la tarde recorriendo la casa de dos plantas de Peoria, con suelos de roble y un gran porche con columnas dóricas. Ella la iba a decorar; hizo listas y tomó medidas, consciente en todo momento de los ojos de Jared. A él no le importaba lo que hiciera con la casa.

A las cuatro, el sueño empezó a transformarse en

una pesadilla. Se sentía nerviosa y tenía un nudo en el estómago; repasó una docena de situaciones en las que informar a sus padres del compromiso. Había llamado a su madre, diciéndole que había alguien importante a quien quería que conocieran y que tenía que darle una noticia importante.

Jared la había llevado a casa para cambiarse, y regresó a recogerla a las seis. Un amigo de él, Will Mac-Giver, se quedó con Merry en su granja cerca de Tulsa.

Por la ventana lo vio bajar de la furgoneta. Parecía todo un cowboy, con su camisa vaquera de color turquesa y negro, una de sus llamativas hebillas, vaqueros, botas y sombrero. Sus padres entrarían en shock.

Nerviosa e incapaz de sentirse cómoda con nada que se pusiera, a la cuarta vez se decidió por unos pantalones y una blusa rojos.

Mientras conducían por la calle bordeada de imponentes robles hasta la casa de dos pisos estilo tudor de sus padres, quiso huir. El pánico se acentuó cuando vio un coche negro y un vehículo utilitario verde aparcados delante del garaje.

—Santo cielo. ¡Están mis hermanas! ¿Te conté que todos vivimos en un radio de tres kilómetros de la casa de mis padres?

—Me temo que eso no te lo puedo prometer.

—No tenemos que vivir tan cerca. Jared, primero tendría que habérselo contado a mis padres y luego haberte traído para presentártelos.

—Todo saldrá bien.

—¿Cómo puedes estar tan tranquilo? —espetó, preguntándose si algo lo ponía nervioso.

Él le tomó la mano y la alzó para darle un beso; la miró y, momentáneamente, sus temores se desvanecieron.

Pero en cuanto bajaron de la furgoneta sus preocupaciones retornaron. Faith respiró hondo mientras él retiraba una carpeta del asiento de atrás y le pasaba un brazo por los hombros.

—¿Qué es eso?

—Creo que tu padre tiene derecho a recibir la misma información que te di a ti sobre mí.

—¡No es necesario! —dijo con dientes apretados—. Jared, no podemos seguir adelante.

—Claro que sí. ¿Quieres que te dé un beso aquí mismo y te ayude a recordar uno de los motivos por lo que esto está bien?

—¡No! ¡Piedad, piedad, no! No te atrevas a besarme mientras estemos aquí.

—¿Tu familia no aprueba las muestras de afecto?

—¡Deja de burlarte! ¿Cómo puedes estar tan tranquilo? Entraremos por la cocina.

—Dime sus nombres una vez más.

—Andy es el mayor, luego sigo yo. Meg, que está casada con Stan, va después, y luego Keith y Alice. Andy tiene dos niños; Brim tiene ocho años y Joshua siete. Caleb, hijo de Meg, tiene siete, Geoff seis, Nina cinco y Mattie cuatro. Ben, hijo de Keith, tiene tres, y Alyssa dos. Los hijos de Alice son Derek, cinco, y Graham, tres. Mamá y papá se llaman Evelyn y Tom.

—Dudo de que tus padres y yo nos llamemos por los nombres de pila durante un tiempo.

—No sientes ni un ligero vacío en el estómago, ¿verdad? —preguntó, irritada por su tranquilidad.

—No, cariño, de verdad que no. ¿Quieres sentir mi estómago y comprobarlo por ti misma? —acercó su mano.

—¡No! —apartó la mano con brusquedad y oyó su risita.

—Forman parte de ti, así que deben ser buenos —añadió Jared con alegría.

—Jared, ¿cómo puedes estar tan seguro de mí? —se detuvo con la mano en el pomo de la puerta.

—Sé lo que quiero —la miró con solemnidad—. Y sé lo que sucede cuando nos besamos. Jamás me cansaré de eso.

Su certidumbre le dio ánimos; respiró hondo antes de abrir la puerta. Entraron a un pasillo que daba a varias habitaciones, incluyendo una cocina grande.

–¡Mamá, papá!

Apareció una rubia esbelta y atractiva que le sonrió a Faith y exhibió curiosidad cuando miró a Jared. Entró un hombre alto de pelo rubio con algunas canas en las sienes.

–Mamá, papá, os presento a Jared Whitewolf. Jared, mis padres, Evelyn y Tom Kolanko.

–Encantado de conocerlos –le dijo a la madre de Faith mientras estrechaba la mano de su padre.

–Pasad –pidió su madre–. Meg y Alice están aquí. Creo que Andy llegará en unos minutos.

Se abrió la puerta de atrás y dos niños entraron a toda carrera. Al ver a Jared se detuvieron para estudiarlo. Detrás de los pequeños entró una pareja. Vestido con unos pantalones de sport y una camisa de golf, Andy Kolanko observó a Faith con ojos verdes llenos de curiosidad.

–Jared, éste es mi hermano Andy, mi cuñada Glenna y mis sobrinos Brian y Joshua.

Jared le estrechó la mano a Andy, quien lo estudió con mirada fría.

–¿Eres un vaquero de verdad? –preguntó Joshua.

–Sí lo soy.

–¿Eres indio?

–¡Joshua!

–Está bien. Sí, soy un nativo americano y monto caballos. ¿Te gustan los caballos?

Joshua asintió con gesto serio.

–Vayamos a la cocina –dijo el padre de Faith–. Si no, Joshua te hará preguntas hasta que salga el sol mañana.

Los niños siguieron a Jared, y Faith supo que estaban cautivados por sus botas, la hebilla del cinturón y el sombrero. Jared se lo quitó y lo depositó en una silla. Joshua quiso agarrarlo pero Andy lo alejó de su alcance.

–No pasa nada –comentó Jared relajado–. Deja que se lo ponga si lo desea.

Andy lo puso en un anaquel alto y sacudió la cabeza en dirección a Joshua.

–Jared participó en el rodeo anoche y el viernes por la noche. Ganó la monta de toros y quedó en segundo lugar en la de caballos broncos –dijo Faith, secándose las palmas de las manos mientras el grupo se dirigía al salón.

Allí sus hermanas recogían un rompecabezas extendido sobre una mesa de juegos.

–Jared, quiero presentarte a mis hermanas, Meg y Alice. Él es Jared Whitewolf.

Meg, baja, con pecas y morena, esbozó una amplia sonrisa. Casi tan alta como Faith y rubia, Alice ofreció su mano. Cuando todos se sentaron, Jared miró al padre de Faith.

–Si nos disculpáis, creo que sería una buena idea que hablara con usted de inmediato, señor Kolanko.

Una expresión asombrada apareció en los semblantes de sus hermanas. Andy frunció el ceño. Faith vio que su madre bajaba la barbilla, y su padre asintió sin parpadear.

–Iremos al estudio –los dos salieron del salón con los dos sobrinos pequeños de Faith detrás de Jared.

Todos los adultos clavaron la mirada en ella.

Ella sintió como si se sumergiera en un estanque helado. Respiró hondo y se preparó para la tormenta.

–Estoy comprometida –anunció, alargando la mano para mostrarles el anillo.

Su madre lanzó un grito y se reclinó en la silla mientras Meg quedaba boquiabierta y Alice se levantaba de un salto para ir junto a su madre.

–¿Qué estás qué? –preguntó Andy.

–Comprometida.

–¿Con Roy Rogers? ¿Cuándo lo conociste? ¿Qué demonios tenéis los dos en común? ¿Y qué hay de Earl?

—No he salido con Earl en cinco meses y nunca volveré a hacerlo —respondió a la última pregunta—. Mamá, ¿te encuentras bien?

—¿Quién es ese hombre? —quiso saber su madre.

—Es un vaquero y voy a casarme con él.

—¡Oh, santo cielo! Que los santos nos ayuden. ¿Has perdido el juicio?

—¿De verdad ésta es mi hermana Faith? —inquirió Meg, mirándola—. ¿La Faith pragmática, con su futuro bien delineado? —cruzó la estancia para tomar su mano y observar el anillo—. Es bonito. ¡Estoy impresionada!

—Yo no. ¿Hace cuánto que lo conoces? —interrogó Andy.

—El tiempo suficiente —repuso, sintiéndose de pronto más segura de su decisión.

—¿Tiene una granja?

—No. Pero tiene una cuenta bancaria. De eso está hablando con papá.

—Maldita sea, has perdido la cabeza —soltó Andy.

—¡Andy! Es la decisión de Faith —intervino Glenna—. Deja de hacer de hermano mayor.

Se oyó la puerta de atrás y Faith giró la cabeza para ver a su hermano menor, Keith, entrar en el salón. Robusto, de pelo castaño como Meg, sus ojos verdes exhibían curiosidad.

—¿Qué pasa?

—¡Faith va a casarse! —exclamó Meg—. Con un vaquero.

En torno a Faith remolinearon preguntas y protestas mientras ella se preguntaba qué hacían su padre y Jared. ¿Cómo manejaría su padre la situación?

—¿Tiene un rancho por aquí? —insistió Andy, y ella supo que su hermano no pararía hasta que averiguara todo lo que pudiera sobre su prometido.

—Monta toros y caballos bravíos. Tiene una casa en Peoria y quiere comprar un rancho.

—Es un vagabundo —espetó Andy—. ¡Demonios!

—¡No lo es!

—¿No tiene trabajo? —preguntó su madre, espantada.

—¿Dónde lo conociste? —quiso saber Meg.

—Estaba con su pequeña en el parque.

—Dios mío, está divorciado y tiene hijos.

—Una niña de cuatro meses y no está divorciado. Nunca se caso.

—Cielos. Tiene una hija y no se casó con la madre...

—Mamá, deja que te hable de él —pidio Faith con tranquilidad, mientras Andy maldecía y se movía por la estancia. Les habló de Merry y de cómo Jared había llegado a adoptarla mientras sus hermanos echaban chispas por los ojos y su madre retorcía las manos.

—Faith, haz que sea un compromiso largo hasta estar segura —instó su madre.

—Mamá, vamos a casarnos en cuanto tenga fecha en la iglesia.

—¡No puedes hacer eso! —exclamó Andy.

—Andy, soy adulta. Pronto cumpliré los treinta años.

—No es como nosotros. ¿Ha dejado el caballo atado fuera? ¿Vas a ordeñar vacas cada mañana?

—Si es necesario —respondió, mirando fijamente a su enfadado hermano. Siempre habían estado unidos, y sabía que sus intenciones eran buenas aunque la irritara.

—Andy, tranquilízate —dijo Meg.

Surgieron más preguntas, y Faith las respondió mientras todos se sosegaban. Su madre se marchó a llamar a su hermana. Meg y Alice tuvieron que salir al patio para vigilar a los niños.

—Vayamos donde podamos hablar sin que nos molesten —dijo Andy, haciéndole una seña a Faith y a Keith. Fueron a un dormitorio y Andy cerró la puerta—. ¿Has perdido el juicio?

–No. Sé lo que hago. Jared es bueno.

–Eso no es importante. No lo conoces. Y no tiene un trabajo.

–Deja que averigüe cuál es su situación crediticia –comentó Keith–. Veré qué...

–Para ya. En este momento le muestra a papá su situación financiera y su historial médico.

–¿Quiénes son sus padres y dónde viven?

Alguien llamó a la puerta. Ésta se abrió y entró Jared.

–He hablado con tu padre –indicó con tranquilidad, acercándose a ella–. ¿Por qué no vas a reunirte con tu madre y tus hermanas? Nosotros iremos en un minuto.

Faith miró a sus hermanos, que observaban a Jared con ojos centelleantes, y no tuvo la seguridad de que se contendrían de golpearlo. En especial Andy. Vio que los tres esperaban que se marchara, así que cerró la puerta a su espalda. Antes de alejarse se quedó a escuchar unos momentos. Las voces sonaron bajas, indistinguibles.

Cuando Jared regresó, sus hermanos estaban tranquilos. Faith oyó el ruido de la puerta de atrás y se preparó para la siguiente batalla. Sólo podía tratarse de una persona.

El abuelo Morgan Kolanko entró en el salón. Fornido, con canas que le atravesaban el pelo rubio, exhibía una barba tupida. El rostro, las manos y los brazos estaban cubiertos por pecas. Su mirada curiosa se posó en Jared mientras saludaba a los demás.

Respiró hondo mientras la familia lo saludaba; luego todos la miraron.

–Abuelo, te presento a mi novio, Jared Whitewolf.

–¡Por todos los santos, muchacha! Te casas de repente. Y con un vaquero –extendió la mano, y Jared se la estrechó.

–¡Abuelo!

–Está bien –comentó Jared relajado–. Soy un vaquero. Encantado de conocerlo, señor Kolanko.

–Ésa es una hebilla grande. Parece una de las que dan como premio.

–Lo es. Por monta de toros.

El abuelo se agachó para estudiarla, dando la impresión de que le miraba el ombligo.

–Abuelo –Faith sacudió la cabeza.

–Campeón del mundo –dijo, irguiéndose para observar a Jared–. ¿Has ganado más de una vez?

–Sí, señor.

–¿Amas a mi nieta?

–Le pedí que fuera mi esposa.

–¿Y tú quieres casarte con él? –los ojos verdes del abuelo Morgan la taladraron.

–Sí –repuso con firmeza, sintiendo que los dedos de Jared se cerraban con fuerza en torno a los de ella.

–¿Estás embarazada?

–No –repuso ante un coro de protestas.

–Entonces eso suena bien. Significa que conseguiremos entradas para el rodeo, ¿no? –le preguntó a Jared con un brillo en los ojos.

–Sí, señor. De saber que le gustaba, podría haber ido anoche. Dentro de unos cinco meses se celebrará otro en Tulsa. Recibirá entradas.

–Bien. ¿A qué vienen esas caras agrias? –preguntó.

–Papá, no hay caras agrias –repuso el padre de Faith–. Es una sorpresa, eso es todo. Sentémonos.

Jared se sentó en una silla cerca de Faith, y le rodeó los hombros con el brazo, mientras charlaban. Ella rezó para que su abuelo no empezara a hacer preguntas sobre los padres de él.

A la hora todos fueron a la cocina a tomar unos sandwiches. Por último Faith consideró que podían escapar. Antes de terminar de despedirse, había aceptado almorzar con Meg el lunes y con Andy el martes. Imaginó en torno a qué giraría la conversación.

Cuando se cerró la puerta de la furgoneta y Jared

arrancó el motor, se reclinó en el asiento, asolada por las dudas. Miró la casa en la que había crecido. ¿Estaba echando por la borda la estabilidad, la seguridad y la felicidad? Se iba a casar con un vaquero que en los últimos diez años no había llamado hogar a nada. Un trotamundos cuyas ambiciones se centraban en Merry y en formar una familia. ¿Cometía un error?

—Saldrá bien —comentó Jared, asiéndole la mano.

—Mañana te marchas de la ciudad —comentó ella, todavía preocupada.

—Eres lo bastante valiente como para enfrentarte a ellos sin mí. Te quieren y desean lo mejor para ti. Y en este momento les cuesta pensar que lo mejor soy yo.

Fueron en silencio. Cuando llegara a casa Faith sabía que el teléfono estaría sonando; pasaría la semana próxima tratando de calmar a su familia. Y preparando una boda.

La granja de Will MacGiver se hallaba al este de Tulsa. Al llegar a los límites de la ciudad, de repente Jared paró en un camino de tierra.

—¿Qué pasa? —preguntó ella temiendo que la vida diera aún otro giro.

Capítulo Siete

Jared no respondió; bajó, rodeó el vehículo, iluminado por la luna. Con el sombrero echado hacia atrás, abrió la puerta de su lado y le tomó el brazo.

—Ven, Faith —a ella se le aceleró el pulso al escuchar su tono decidido—. Siento tus dudas como vientos que me azotan —dijo y le rodeó la cintura con los brazos. Se apoyó en la furgoneta y abrió las piernas, pegándola a él.

Mientras la indecisión la desgarraba, su corazón se desbocó. Una parte anhelaba el compromiso; la otra aún se resistía, hasta que miró en sus ojos oscuros y sintió sus brazos. La tensión se disparó como un crepitar casi visible. La química mágica estaba ahí, instándola a alzar la boca hacia la suya.

La boca de Jared rozó la suya, cálida, fugazmente. El calor invadió la parte inferior de su cuerpo.

Una nueva preocupación llamó a su puerta. No se casaba porque la amara, sino porque la necesitaba por Merry. ¿La amaría alguna vez?

Le tocó los labios con la lengua y Faith experimentó un escalofrío. Era una boca segura, exploradora, que seducía sus sentidos. Bajó el brazo por la espalda hasta su trasero, pegándola a él. Su potente virilidad presionó su cuerpo y sus preocupaciones se desvanecieron como el humo. Se sentía deseada, femenina, necesitada. Estaba corriendo riesgos, pero ese hombre peligroso y maravilloso era sólido como una roca.

Faith Whitewolf. Mientras ceñía sus brazos con más fuerza alrededor de él, pensó en sus antepasados, que habían recorrido la tierra y sobrevivido gracias a su fuerza e ingenio. Quizá su familia necesitara su sangre. Jared puso fin al beso y ella abrió los ojos.

—Eso está mejor —susurró él. Bajó la mano del hombro hasta sus pechos. Los pezones se endurecieron y Faith jadeó de placer.

Jared quisó alzarla en brazos, apoyarla sobre el capó de la furgoneta y poseerla, pero sabía que debía ir despacio. Primero tenían que casarse, y ella estar lista, desearlo tanto como él la deseaba.

Le desabrochó los botones de la blusa y apartó el tenue sujetador. Aprisionó sus pechos y la sintió temblar. Ella pegó las caderas a las suyas y le pasó los dedos por el pelo.

Era tan suave como mantequilla templada y su piel sedosa; Jared quería sentir cómo su suavidad lo consumía. La quería debajo de él, deseaba descubrir qué la impulsaría a la cumbre de la pasión, qué le haría perder su sereno control.

Ese no era el momento ni el lugar, pero ambos habían anhelado esa momentánea intimidad. La reunión familiar había sido un infierno, pero podía entenderlo. La desaprobación había surgido del padre y los hermanos de ella. Toda la velada Andy había dado la impresión de querer matarlo, y no esperaba que su ira se mitigara hasta después de la boda. Algún día él se mostraría igual de protector con Merry. Probablemente peor.

Se agachó y tomó su pezón con la boca; oyó un gemido que amenazó con quebrar su férreo control. Había pasado mucho tiempo desde la última vez que estuvo con una mujer, y notaba que caía a toda velocidad en el hechizo de Faith.

Su mente registró el sonido de un motor y se dio cuenta de que se acercaba un coche. Se enderezó, le colocó bien la blusa y la abrazó, girándole la cabeza para que no pudieran verla bajo los focos que atravesaron la oscuridad cuando un vehículo pasó rugiendo a su lado. Le acarició la espalda, tratando de dejar que su cuerpo se enfriara, pero aún seguía pegado a su suavidad, como una roca por la necesidad.

—Será mejor que recojamos a Merry —susurró ella y se apartó.

La mañana del lunes Faith reservó la iglesia para el dos de mayo, el primer sábado del mes. Disponía de menos de cuatro semanas para planear la boda. Jared se había ido de la ciudad, pero la llamaba todas las noches y hablaban durante horas. Faith estaba ocupada con el trabajo, con la ceremonia y con tener la casa lista. Durante su ausencia sus hermanos, que se hallaban divididos, ocuparon su tiempo, con los chicos tratando de convencerla para que anulara la boda, y con Alice y Meg que lo consideraban algo maravilloso.

Pero al final llegó el día de la boda, brillante y soleado, y al levantarse de la cama Faith supo que su vida iba a cambiar para siempre.

Se encontraba en el vestidor de la iglesia con Alice, Meg y dos de sus mejores amigas, Katie y Leah. Tenía mariposas en el estómago al pensar en Jared. Habían disfrutado de tan poco tiempo a solas; pero a partir de ese momento todo eso sería distinto. Estaría con él, de día y de noche.

Se le aceleró el pulso al pensar en esas noches. Volvió a pensar en la boda y se dio cuenta de que en una hora estaría casada con Jared Whitewolf.

La invadieron las dudas, y se preguntó si también él sentía algún temor de última hora. Ya lo conocía lo bastante como para sospechar que no era así. Desde su primer encuentro le había parecido decidido a llegar a su destino.

—Faith, es la hora —anunció Meg. Cruzó la estancia para alisar el velo de su hermana y darle un beso en la mejilla—. Eres una novia hermosa.

—Creo que es maravilloso. Sé que vas a ser feliz —dijo Alice con una sonrisa.

Al salir encontraron a Andy en el vestíbulo. Se acercó con paso decidido y el ceño fruncido.

—Faith —dijo, y ella le indicó a sus damas de honor que continuaran. Su hermano estaba atractivo con su esmoquin negro.

—Pensé que estabas acomodando a los invitados.

—Hay otros que pueden hacerlo —comentó—. Aún puedes echarte atrás.

—No quiero, Andy.

—No lo amas.

—Estoy haciendo lo que quiero hacer —respondió con rigidez, sabiendo que no podía explicar con palabras sus motivos ni sentimientos.

—No creo que él esté enamorado de ti. No lo entiendo... ¿por qué lo hacéis?

—Ya me lo has preguntado y yo ya te he respondido. Queremos casarnos.

—¿Tiene algún poder sobre ti? ¿Hay algo en lo que yo pueda ayudarte?

—No. Quiero casarme con él —replicó con firmeza—. Él quiere casarse conmigo. Y no lo conseguiremos si no salgo de aquí.

—Creo que estás cometiendo un terrible error. No es tu tipo. Es todas las cosas que tú desconoces. No sabes nada de ranchos, vaqueros o ganado. Y sé que no estás segura en un cien por cien de lo que haces. Se nota, Faith. Si estuvieras enamorada de él y tuvieras estrellas en los ojos, me callaría, pero no es así. No sé por qué te casas, pero el amor no tiene nada que ver.

—Es lo que quiero.

—No puede ser por tener una familia, porque Earl te la podría haber proporcionado. Y gustoso lo habría hecho. Tú rompiste con él. Maldita sea, Earl y tú teníais mucho más en común que Roy Rogers y tú.

—Tienes que dejar de aludir a Jared con ese nombre —dijo, perdida la paciencia.

79

—Demonios, ahora mismo lleva un esmoquin con botas.

—No pasa nada —soltó con los dientes apretados, aferrando el ramo de gardenias y rosas blancas—. Andy, apártate de mi camino.

Se miraron unos momentos con ojos centelleantes. Su hermano la conocía muy bien. A regañadientes, sacudió la cabeza y se hizo a un lado. Pasó delante de él.

—Faith... —ella se volvió para mirarlo por encima del hombro—. Estaré ahí cuando me necesites.

—Gracias, Andy. Sé que estarás —repuso con tono lúgubre, sintiendo una escalofriante premonición.

—Faith —llamó Meg—. ¡Andy, déjala en paz! Estás retrasando la boda.

—Voy —comentó él.

—Vaya hermano —musitó Meg—. No es capaz de entender cómo alguien puede enamorarse de una persona completamente distinta. Tú eres la única Kolanko que ha cometido ese pecado, y va más allá de su comprensión. Cuando un hombre ama a una mujer, no siempre importan el trabajo que tenga y la educación que ha recibido —Faith guardó silencio mientras avanzaba por el vestíbulo con Meg sujetándole el velo. Ésta le tocó el brazo—. No dejes que Andy te preocupe. Haces lo que deseas. Y te casas con un hombre enamorado de ti.

Quiso gritar que no era así, pero de algún modo Jared había engañado a Meg. Avanzó deprisa hasta la entrada, donde su padre la estudió con atención.

—¿Seguro que quieres seguir adelante? —preguntó.

—Estoy segura —asintió sin sentir esa convicción; pero estaba comprometida y tenía la intención de casarse.

Avanzaron hacia la puerta al tiempo que en el aire sonaba la música de un órgano. Entonces miró por el pasillo y vio a Jared esperando ante el altar.

Jared observó a Faith caminar en dirección a él, y

su certeza creció aún más. Ésa era *su* mujer. Era absolutamente magnífica, pero el motivo por el que la había elegido iba más allá de su aspecto. Era una mujer cálida y cariñosa. Era eficiente e inteligente, y se sentía abrumado por su suerte. Quería que ese matrimonio funcionara.

Cuando ella lo miró, él percibió sus dudas. Se la veía pálida y demasiado solemne. Quiso rodearla con los brazos y tranquilizarla de que su vida juntos sería buena.

Se preguntó qué pensaría si supiera que su padre le había ofrecido una suma cuantiosa de dinero si desaparecía de su vida. Sospechaba que su madre tampoco estaba al corriente de eso. Ni nadie más de la familia. No le cabía duda de que Andy quería darle una paliza, pero fiel al estilo Kolanko, se controlaba. Probablemente Keith tuviera ganas de lo mismo. Sólo Meg y Alice se mostraban cálidas y abiertas. En especial Meg. Sospechaba que se alegraba de que su hermana se casara. Y luego estaba el abuelo Kolanko. Jared creía disponer de la aprobación del viejo.

Oyó un balbuceo suave y miró a Merry, quien se hallaba en brazos de su abuela, del otro lado de la familia de Faith. El abuelo lo miró y sonrió.

Sospechaba que los padres de ella tenían problemas para adaptarse a su herencia de nativo americano, que se mostraba de forma tan marcada en sus abuelos. Wyatt y su familia se encontraban sentados detrás de los abuelos, y Matt, tan solemne como un juez, estaba al lado de Wyatt.

Al acercarse Faith, Jared se olvidó de las familias. Su prometida era hermosa, y sin importar si lo amaba, iba a disfrutar de los siguientes instantes. Esperaba que el amor llegara a llenar sus vidas.

Cuando el padre de ella depositó la mano de Faith en la suya, Jared la cerró con suavidad en torno a los dedos helados. Se sintió un poco culpable por haberla precipitado a un boda a la que no iba enamorada, pero ya se lo compensaría. Ella alzó la barbilla, y cuando repitieron los votos, su voz sonó alta y clara.

—Os declaro marido y mujer.

Las palabras fueron mágicas para Jared. Estaba casado con esa mujer hermosa y maravillosa, e iba a hacer todo lo que estuviera a su alcance para que se enamorara de él.

Faith contempló a su marido. «Marido y mujer.» Era la «señora» de Jared Whitewolf. ¿Cómo había sucedido tan deprisa?

Él le alzó el velo y lo dobló con suavidad detrás de su cabeza. Lo hizo con movimientos lentos, mirándola. Se inclinó, le dio un beso fugaz y cálido y le asió los dedos mientras se volvían para recorrer el pasillo.

En el exterior de la iglesia se sacaron las fotos de rigor. Los padres de Faith la abrazaron. Meg también; incluso Andy le deseó lo mejor.

—Te deseo mucha felicidad, Faith —dijo su tío—. Todos en la oficina aún están sorprendidos.

—Se acostumbrarán —sonrió mientras Blake le daba un beso en la mejilla. Luego se volvió para mirar a Cornelia Whitewolf.

—Bienvenida a la familia Whitewolf —la abrazó y retrocedió un paso—. Jared es nuestro nieto más pequeño... mi bebé. Me siento tan feliz de verlo casado y establecido. Serás buena para él, y los dos seréis buenos para la pequeña.

—Gracias, Cornelia —dijo Faith, volviéndose para ver que Loughlan entregaba a Merry a su mujer y abría los brazos para abrazarla.

—Bienvenida a la familia. Jared ha sido bendecido por ti y Merry.

—Yo también me siento bendecida —respondió ella.

—Faith, gira para que te saque una foto —pidió Trey Holiday, el fotógrafo—. Jared, sitúate a su lado.

Mucho después, los hermanos de él le desearon lo mejor. Eran desconocidos, y le recordaron lo poco que conocía a su marido.

La recepción se celebró en el club del padre de Faith, y los invitados salieron a la terraza y al jardín hasta que llegó la hora del primer baile. Entonces Jared tomó su mano y la condujo a la pista.

–Nunca antes hemos bailado –dijo ella, dándose cuenta de que tendrían que haber practicado al menos una vez.

Se había quitado el velo. Jared apoyó una mano en su cintura y con la otra le asió la mano. Ella lo miró con satisfacción, y juntos se movieron como si hubieran bailado mil veces. Faith olvidó la recepción, a su familia y a los invitados. Por primera vez desde que salió de la iglesia se le calmaron los nervios y se sintió segura.

Cuando acabó el baile, Jared invitó a bailar a la madre de Faith y ésta lo hizo con su padre.

–Espero que seas feliz –dijo él en voz baja.

–Gracias. Pensamos serlo.

–No dejes tu trabajo demasiado deprisa. Este matrimonio ha sido muy veloz. No te precipites a cambiar toda tu vida.

–Sabes que me gusta mi trabajo –respondió ella, mirando a Jared. Estaba muy atractivo con el pelo recogido, y su madre reía por algo que le contaba.

Después de cortar la tarta, Jared charló con los invitados, en su mayor parte de Faith. Los pocos parientes que tenía él habían asistido, pero casi todos sus amigos se hallaban dispersos por el país, y pocos vivían en Tulsa. Se volvió para encarar a Andy, quien lo miró con seriedad.

–Sé bueno con ella –dijo su hermano.

–Lo seré –repuso–. Faith es muy especial.

Andy asintió y se alejó. Jared vio que llevaba los puños apretados; se preguntó si alguna vez le daría su aprobación.

Miró alrededor del salón y encontró la mirada de Faith. Podrían haber estado solos.

—¿Cómo está el novio? —alguien le dio una palmada en la espalda; giró y vio a Will MacGiver. Su fornido y pelirrojo amigo le sonreía.

—Contento de ver a un amigo. Su familia no da saltos de alegría al ver que se casa con un vaquero.

—Ella es la única que importa —rió Will.

—Así es. La limusina no vendrá hasta dentro de dos horas, pero ya estoy listo para recogerla y largarnos.

—Paciencia, camarada. Estas celebraciones son para las mujeres. Probablemente se lo está pasando mejor que nunca.

—Creo que iré a comprobarlo.

Sonó una canción movida y Jared tomó la mano de Faith y la sacó a la pista. A los pocos minutos se había quitado la chaqueta y la pajarita y bailaba alrededor de ella.

Faith no podía apartar la vista del hombre alto y sexy con el que se había casado. Sólo con mirarla le desbocaba el pulso.

A última hora de la tarde al fin se despidieron de la familia. Los abuelos de Jared se iban a quedar con Merry, dejando que Faith y él tuvieran una luna de miel de una semana.

Se metieron en una limusina que los esperaba. Cuando el vehículo se puso en marcha, Faith sintió una punzada de pánico. ¿Qué había hecho? Jared le rodeó los hombros y lo miró.

La atrajo y le tomó la boca en un beso largo y posesivo que hizo que ella olvidara su entorno, incluso la boda. La sentó en su regazo y continuó besándola. Ya eran marido y mujer. Ella se preguntó si alguna vez dejaría de sorprenderla.

Cuando él bajo la mano, Faith le asió la muñeca.

—No estamos solos.

—Lo que tú digas, señora Whitewolf —dijo, mirando al conductor.

El nombre sonaba como si debiera corresponderle a otra persona. Bajó de su regazo y se arregló el vestido mientras la limusina se dirigía a la casa de Peoria. Pensaban cambiarse de ropa e ir al aeropuerto para volar a Colorado Springs, donde aquella noche Jared competiría en un rodeo.

Al llegar a la casa, él atravesó el umbral con ella en brazos y con el pie cerró la puerta. La dejó en el suelo y se agachó para besarla.

Los besos la tentaron a dejar a un lado la petición que le había hecho de que esperaran a consumar el precipitado matrimonio. La excitación la recorrió como un arco tensado. Señora Whitewolf. Estaba casada. Empezaba a enamorarse.

Ese último pensamiento le hizo abrir los ojos para mirarlo mientras lo apartaba. ¿Se estaba enamorando de ese hombre?

—Si de verdad quieres participar en el rodeo, será mejor que nos cambiemos.

Los ojos de él rebosaban de deseo. La estudió con mirada seria, y Faith se preguntó si iba a mandar al traste el rodeo. Con suavidad Jared le acarició el cuello, gesto que hizo que ella anhelara más.

—He firmado un contrato, así que debo aparecer —la alzó en brazos y subió las escaleras.

—No hace falta que me lleves hasta arriba —dijo con los brazos en torno a su cuello.

—Eres una pluma, cariño. Es un buen ejercicio para mí, aparte de que me gusta tenerte en brazos.

Al llegar arriba, cruzó el pasillo hacia el dormitorio. Frente a una cómoda con espejo había una cama de caoba con dosel. La soltó.

—Disponemos de unos minutos, y he deseado hacer esto desde que apareciste por el pasillo de la iglesia.

—Me alegro de que hayas esperado —dijo, observándolo mientras le quitaba las horquillas del pelo—. Estás estropeando un peinado muy caro.

—¿Te importa?

—No —susurró. Sus ojos, que ardían, la atormentaban tanto como sus caricias. Se sentía nerviosa y lo deseaba, pero toda su cautela la instaba a esperar, porque aún eran unos desconocidos en muchos sentidos.

El pelo suelto cayó sobre sus hombros, y Jared sintió que su deseo iba en aumento. Ella entreabrió los labios, rojos debido a los besos. Tenía una mirada lánguida y sexy. Quería desnudarla, hacerle el amor y olvidarse del rodeo, pero no lo haría. Habían establecido un trato. Hasta donde él podía recordar, siempre había satisfecho los anhelos de su cuerpo. En esa ocasión iba a practicar el control. Quería mucho más que su cuerpo. Quería su amor. Dio un paso atrás.

—Me cambiaré. Debemos partir al aeropuerto de inmediato o perderemos el avión.

Faith lo observó marcharse y cerrar la puerta a su espalda. No había deseado que parara de besarla, pero supo que era lo mejor. Se quitó los zapatos de satén y comenzó a desabrocharse la diminuta hilera de botones en la parte posterior del vestido. Cuando no pudo alcanzar los del centro, empezó desde abajo.

Seguía sin poder llegar a los del centro, y un vistazo al reloj le indicó que en unos minutos Jared estaría listo y esperándola. Se mordió el labio, salió por el pasillo y aunque la puerta de su habitación estaba abierta, llamó.

—Pasa —indicó.

Entró en el cuarto que ella había decorado con tonos marrón, verde y blanco, en la que también había una cama matrimonial con dosel. Lo vio rebuscar en un armario; llevaba unos vaqueros a medio abotonar y calcetines; tenía las botas en la mano y el torso desnudo.

—No consigo desabrocharme el vestido —dijo sin

apartar la vista de su pecho tenso y musculoso. Por las costillas se veían unas cicatrices finas y pálidas.

Jared soltó las botas y respiró hondo.

—Date la vuelta —pidió con voz ronca. La mirada de ella lo había encendido, y al tener ante si su esbelta espalda se sintió en llamas. No llevaba sujetador, y pudo ver el nacimiento de sus braguitas de encaje blanco, la lujuriosa curva de su trasero. Quiso pasarle la lengua por la piel, deslizar las manos por el interior del vestido y pegarla a su cuerpo.

Pero sabía que debía respetar su agenda de rodeos, aunque unos besos no le harían mal a nadie. Le besó el cuello y sintió como ella contenía la respiración. Se tomó su tiempo con los cuatro botones que quedaban.

—Jared —susurró Faith.

Le pasó la lengua por la oreja y soltó otro botón. Le recorrió el hombro y bajó hasta la espalda. Ella echó la cabeza atrás y Jared se adelantó lo suficiente como para comprobar que tenía los ojos cerrados.

Ella gimió y se volvió cuando su mano le coronó el pecho y el dedo pulgar jugó con el pezón. Faith le recorrió el torso. Palpitaba con una necesidad que había cobrado vida con fuerza. Alzó la cara y él le cubrió la boca con la suya. Mientras sus lenguas se unían, sintió su sexo excitado contra su estómago. Con la mano le acarició el trasero mientras la elevaba contra él. ¿Cuánto tiempo se besaron? ¿Minutos o segundos? Se apartó.

—Te perderás el rodeo.

A Jared le importaba un bledo, pero pensaba esperar. Debía intentar ganarse su afecto. De lo contrario, sabía que tarde o temprano ella desaparecería de su vida.

Con renuencia la soltó y observó cómo se levantaba el vestido. Faith vio el efecto que surtía en él y salió del cuarto.

Con el corazón desbocado, corrió por el pasillo a

vestirse. Quería estar en los brazos de Jared, en su cama, aunque también quería su amor. Pero de sus labios no había salido ni una palabra de amor. Y en cuanto se entregara, quizá estuviera perdida... incapaz de amar a nadie más. «No te precipites», se advirtió mentalmente.

Como el tiempo era precioso, se puso unos vaqueros nuevos que le quedaban como una segunda piel, una camisa vaquera roja y unas botas de piel de serpiente que Jared le había regalado. Se cepilló el pelo. El reflejo que vio en el espejo parecía el de una desconocida.

—¿Lista? —preguntó él.

—Voy —dijo, corriendo escaleras abajo. Jared alzó la vista y soltó todo lo que tenía en las manos. Se irguió y la recorrió de arriba abajo.

—¿Qué? —preguntó ella, deteniéndose en el tercer escalón.

—Eres una mujer atractiva —avanzó con fuego en los ojos. Le puso las manos en las caderas y las bajó por sus muslos.

—Me siento medio desnuda con estos vaqueros ceñidos.

—Reconozco que te mantendría en casa para que sólo yo pudiera verte.

—Eso es ridículo —dijo, ruborizándose mientras bajaba los últimos peldaños.

Jared cerró los puños y se acomodó el sombrero. Recogió las maletas para evitar el deseo de acercarla. Ella pasó a su lado y él se deleitó con el movimiento de sus caderas. Su cuerpo reaccionaba ante Faith como si fuera un adolescente de quince años que nunca hubiera visto a una mujer.

—Maldita sea —musitó, y la siguió hasta la furgoneta. Cuando ella subía al asiento, no pudo resistir seguir con la mano la curva de su trasero. Ella le lanzó una mirada seductora y coqueta por encima del hombro—. Eres irresistible, señora Whitewolf —sonrió.

A Faith se le aceleró el corazón. Jared actuaba como si la deseara, pero siempre se detenía. Aunque era ella quien se lo había pedido. Y él le había prometido que esperaría. Entonces, ¿qué quería que hiciera?

Horas después llegaron a Colorado Springs; esperaban bajo una tarde fresca que el autobús los llevara hasta el coche alquilado. Faith vio a una madre volverse para tratar de arreglar una de las asas rotas de su maleta. La pequeña que la acompañaba, con una pelota verde en la mano, se soltó de ella y se bajó del cochecito. Se le cayó la pelota y se alejó rodando y la pequeña fue tras ella. Faith calculó que no podría tener más de dos años, e imaginó el aspecto que tendría Merry a esa edad.

La gente que pasó delante de ella le hizo perder a la niña y a su madre de vista, aunque unos segundos después vislumbró el vestido rojo de la pequeña... y vio que la pelota verde caía a la calle. Paralizada, observó cómo iba tras ella, ajena a los vehículos.

—Jared... —Faith emprendió la carrera.

Alguien gritó y sonó una bocina.

Pero Jared ya se había lanzado en pos de la niña.

89

Capítulo Ocho

Faith sintió como si el corazón dejara de latirle cuando vio a Jared esquivar un autobús y alzar a la niña en brazos en el momento en que el vehículo de una compañía aérea clavaba los frenos y derrapaba hacia ella.

Cuando el vehículo se detuvo, él corrió de vuelta a la acera. La madre recogió a su hija, la abrazó y lloró mientras un hombre le preguntaba a Jared si se encontraba bien.

Faith lo observó, y supo que se había casado con un hombre de acción. Y no era de los que se detenía a pensar en el peligro que podía correr. Él regresó a su lado.

—Ahí está nuestro minibús —señaló detrás de ella.

En la agencia de alquiler de coches, ella esperó en el exterior mientras Jared se ocupaba de todo. Lo miró a través del cristal. Parecía relajado, apoyado sobre el mostrador, como si el incidente no hubiera tenido ningún efecto en él. No habló hasta mucho después, ya en el coche.

—¿Por qué estás tan silenciosa? —preguntó.

—Aún me vibran los nervios —se volvió en el asiento para mirarlo—. ¿Tú tienes nervios? ¿Le temes a algo?

«Tengo miedo de perderte», pensó, sin apartar los ojos del camino.

—Estás enfada porque me lancé al tráfico.

—No estoy enfadada. Lo que pasa es que no sé si puedo vivir con alguien que no deja de arrojarse en brazos del peligro.

—Lo haces a diario cuando conduces para ir al trabajo. La autopista no es el lugar más seguro. Aparte de eso, tú ya habías empezado a correr hacia la niña. Cariño, si yo no hubiera estado allí, sé que habrías sido tú la que se hubiera plantado ante el tráfico.

—No lo sé. Pero mi reacción no es sólo por lo que sucedió hoy. Montar toros, caballos broncos... cuando hay una crisis, tú estás en medio de la situación.

—Tiene que haber alguien —repuso él con seriedad—. ¿Es que tú eres distinta? Recuerdo que atravesaste el seto para rescatar a Merry.

—Tal vez —repuso, pensando en lo cerca que había estado de que lo atropellara el minibús—. Agradezco que salvaras a la pequeña.

—Entonces no te preocupes. Es la primera vez que me sucede algo así, y recemos para que sea la última.

—Pero apuesto que te has metido en peleas. Que harás cosas peligrosas cuando tengas tu rancho.

—Nuestro rancho. ¿Es nuestra primera pelea? —preguntó, y le tomó la mano para darle un beso fugaz en los nudillos.

—No, porque yo habría hecho lo mismo. Le salvaste la vida a esa niña. Sólo ha hecho que me volviera a preguntar si podré soportar tu estilo de vida.

—Creéme, cariño, puedes.

Sus palabras la acosaron cuando vio cómo un enorme toro salía disparado del cajón con Jared aferrado a su lomo. Cerró los ojos y escuchó a la multitud, incapaz de mirar hasta que sonó el claxon. ¿Se acostumbraría alguna vez a su lado salvaje?

En la última monta el jinete fue derribado, pero la mano se le enganchó a la cuerda y el toro lo sacudió como si fuera un muñeco de trapo. Los espectadores guardaron silencio, para liberar su tensión con un suspiro colectivo cuando los payasos desviaron al animal y unos hombres se arrodillaban junto al jinete inmóvil. El locutor anunció que harían espacio para una ambulancia. Al observar esa escena aterradora, Faith pensó en lo desolada que se sentiría si fuera Jared quien estuviera en el suelo.

¿Había cometido un error uniendo su vida a la de un hombre acostumbrado a la violencia y la acción? Cada vez que surgían las dudas, sólo tenía que pensar en los momentos tranquilos con él y con Merry, y entonces tenía la certeza de que había hecho lo correcto.

Cuando Jared se dirigió al palco, vio su expresión de preocupación por ella.

—¿Estás bien?

—Soy yo quien debe preguntártelo —no pudo evitar abrazarlo; tras un momento de leve sorpresa, él la rodeó con los brazos.

—Me encuentro bien. De hecho, he ganado la monta de toros —su camisa olía a cuero y algodón, una fragacia que supuso que siempre asociaría con él. La soltó y ella sonrió, aliviada de que el rodeo hubiera terminado por ese día—. Vamos. Es hora de cenar y de divertirnos un poco.

Fueron a un restaurante rústico con un grupo de amigos de Jared. La música sonaba con fuerza y cuando él le tomó la mano para sacarla a bailar, Faith meneó la cabeza.

—Desconozco este paso.

—Es tal como suena, increíblemente fácil. Mira —le hizo una demostración y ella observó sus botas polvorientas realizar la danza básica. Luego la condujo a la pista.

Tras unos pasos vacilantes, Faith comprendió que era fácil y se movió con él. Después de la canción lenta que siguió, el grupo volvió a tocar una canción movida y él le hizo dar vueltas por la pista. Acalorado, se abrió la camisa hasta la cintura. Mientras bailaban, Faith no pudo evitar observar su pecho desnudo. Viril, sexy, vivía la vida con una pasión que ella jamás había experimentado. ¿Iba a ser demasiado salvaje para ella? ¿Sería demasiado dócil para él?

Notó cómo las mujeres coquetearon con él toda la noche, pero Jared se había mostrado indiferente y en ningún momento le soltó los hombros, y la presentó a todos los que conocía como su mujer.

Regresaron al hotel pasada la medianoche. Jared había reservado habitaciones contiguas. Abrió la puerta de la de Faith, entró y la abrazó para besarla. En cuanto sus bocas se unieron, ella se derritió. Cuando la soltó, estaba jadeante. Quiso pegarlo a su cuerpo, pero no sabía qué sentía él.

—Ésta es nuestra noche de bodas, pero hemos establecido un pacto y lo respetaré —dijo él en voz baja, acariciándole el cuello.

A pesar de que sus besos la habían inflamado, sintió un hormigueo. Quiso decirle que estaba dispuesta a olvidarse del acuerdo, pero la dominaba la incertidumbre. Le dio un último beso fugaz y se marchó, cerrando la puerta de su habitación. Faith se quedó mirándola, tentada a seguirlo.

Esa noche yació en la cama y se sintió sola, demasiado consciente de que Jared se encontraba apenas a unos metros de distancia. ¿Estaría dormido? Sospechó que sí, que no sufría ningún deseo como el que la había encendido a ella. Lo único que tenía que hacer era levantarse, ir a su cuarto y ponerle fin a ese período de espera provocado por ella misma. Al mismo tiempo, la cautela que había mostrado toda su vida le advertía de que esperara hasta saber bien qué quería. Estaban casados, pero sólo en el papel, algo que no debía olvidar.

Inquieta, se incorporó y fue a sentarse junto a la

ventana. Pasó una hora hasta que volvió a la cama, aunque tampoco consiguió dormir.

Los dos días siguientes pasaron con tranquilidad, y el jueves llegaron a su silenciosa casa. Faith contempló los muebles nuevos, las pocas cosas que había traído de su apartamento. El salón grande era rústico y cómodo. Lo había decorado con la esperanza de que a él le gustara. Las paredes y la repisa estaban vacías; ya añadirían cosas a medida que la habitaran. Aunque había colocado algunos de sus libros en las estanterías, se dio cuenta de que Jared tenía pocas posesiones, aparte de la furgoneta, la silla de montar y la ropa. El silencio sólo se vio roto por el sonido de las botas de Jared en el suelo de madera.

—Asaré unos chuletones y podemos sentarnos fuera. Refrescará cuando se ponga el sol.

Faith subió a darse una ducha y a ponerse unos pantalones cortos y una camiseta. Cuando regresó, Jared se hallaba ante la parrilla. Tenía una cerveza en una mano y un tenedor largo en la otra. Se había quitado la camisa.

—Vaya —exclamó al volverse para mirarla y fijarse en sus piernas. Enarcó las cejas—. Nunca te había visto en pantalones cortos.

Llevaban casados cuatro días, y durante ese tiempo la tensión había ido en aumento. Él no dejaba de tocarla, de rozarla y de besarla, y ella tenía los nervios a flor de piel, demasiado consciente de su presencia.

Le miró la espalda musculosa mientras daba vuelta a la carne. A pesar de su intrépido estilo de vida y de su fuerte voluntad, Jared tenía un lado vulnerable. Durante su desarrollo lo habían herido, y ella no quería añadir otra herida.

Pero tampoco quería resultar herida. En cuanto diera el paso siguiente en su relación, temía las consecuencias. Puede que entonces quizá ya nunca fuera capaz de aceptar algo inferior a su amor. Y tal vez él nunca la amara.

Esa noche se aferraría a la cautela; era demasiado pronto para consumar su frágil matrimonio.

Dedicaron el resto de la semana a buscar tierras para comprar, ya que Faith seguía de vacaciones. El domingo por la mañana fueron a Anakardo a buscar a Merry; pasaron un día con los abuelos de Jared y por la noche regresaron a Tulsa. Llegaron pasada la medianoche y metieron a Merry en su cunita en la habitación adyacente al dormitorio principal.

En medio de la noche Faith despertó con los llantos de Merry. Se levantó de la cama y corrió al cuarto de la niña. Al entrar vio que Jared ya la alzaba en brazos. Sólo tenía puestos unos calzoncillos. El leve brillo de la lámpara resaltaba sus músculos sólidos. Fue consciente de sí misma y de la camiseta que llevaba por único atuendo.

—Intenta calmarla tú —dijo al darse la vuelta—. No sé qué le pasa.

Ella la tomó en brazos y caminó susurrándole cosas al oído. A los pocos segundos, cuando Merry se sosegó, Faith miró a su alrededor, pero Jared se había marchado, aunque regresó al rato con unos vaqueros puestos.

—Tienes un toque mágico. ¿Qué crees que le pasaba?

—Tu abuela piensa que tal vez le esté saliendo un diente. Quizá sólo fue eso.

—¿Quieres que la tenga yo? —preguntó apoyado en el marco de la puerta, estudiándola.

—A mí no me importa. Además, me parece que se ha quedado dormida —apartó a la niña para comprobarlo—. Sí —la llevó a la cuna y se inclinó para acostarla.

Jared observaba cómo la camiseta de Faith oscilaba en su trasero con cada paso que daba. Al agacharse, se elevó, y él respiró hondo al contemplar sus largas piernas. El bajo apenas le cubría el trasero, aunque su imaginación lo eliminó.

Ella se irguió y atravesó la estancia. La camiseta era holgada y los pechos se le movían un poco al caminar. Estaba femenina y tentadora, a pesar de acabar de levantarse de la cama. Juntos salieron al pasillo a oscuras.

–Faith –dijo con voz ronca. El corazón le latía con fuerza y no fue capaz de resitirse a rodearle la cintura. La acercó. Pudo sentir su cuerpo cálido y suave bajo la tenue camiseta.

Se puso a sudar como si se encontrara en una sauna. Se inclinó para besarla. En cuanto le cubrió la boca y sus lenguas se tocaron, el rugido de sus latidos ahogó los demás sonidos. El mundo se movió bajo sus pies y se vio arrastrado por el torrente de su deseo. Con un ansia que amenazaba con consumirlo, moldeó su cuerpo al suyo.

Cada vez que se abrazaban y besaban, él sabía que se acercaban a la consumación. Su mujer era sexy, adorable y estupenda con Merry. Era todo lo que quería, y anhelaba llevarla a la cama y descubrir sus placeres secretos. Quería hacerle el amor de forma salvaje y apasionada, pero debía recordar lo que había en juego.

Faith se aferró a él, sabiendo que los primeros botones de sus vaqueros estaban desabrochados. Lo recordó en calzoncillos, con sus firmes glúteos perfilados con claridad. En ese momento él se apartó y le recorrió el torso con las manos, que metió bajo la camiseta para coronarle los pechos. Jadeó de placer y olvidó que el suyo era un matrimonio de conveniencia... olvidó todo, menos sus manos y al hombre fuerte que la acariciaba.

Jared alzó la camiseta aún más y se detuvo para

mirarle el cuerpo desnudo. Respiró hondo y trató de retener el control. Piel blanca, pezones rosados, pelo dorado, curvas exuberantes y un cuerpo esbelto. Tocó un pecho suave, que en él produjo el efecto contrario. Duro como una roca, la deseó. Se agachó para pasar la lengua por un pezón.

Faith clavó los dedos en sus brazos, sintiendo los músculos firmes mientras el placer la devastaba. El anhelo en la parte inferior de su cuerpo se intensificó. Quería que la amara, estaba más que lista para él.

Jared tomó un pezón en su boca y mordió con ligereza, luego enroscó la lengua en torno a la cumbre tensa. Ella jadeó y se retorció, adelantando las caderas; pero él se movió y deslizó la mano hasta la unión de sus piernas, abriéndolas un poco en busca de los suaves rizos.

—Jared, por favor... —susurró, sabiendo que en su vida había un vacío enorme que sólo él podía llenar.

La mano de él encontró el punto ardiente y lo acarició. La observó con ojos entornados mientras se ponía tensa. Movía las caderas con frenesí, y mientras la acariciaba y la frotaba, ella le clavaba los dedos. Tenía la cabeza echada hacia atrás y la cabellera dorada le colgaba sobre la espalda. Estaba sumida en una pasión remolineante y a él le quedaba poco para perder el control.

—Jared, tu cama —a pesar del susurro, oyó las palabras con claridad. Él se sentía a punto de estallar. Le palpitaba el cuerpo, deseoso de liberación. Faith estaba encendida y se aferraba a él como si en ello le fuera la vida, murmurando lo que quería—. Jared, por favor... —estaba húmeda, inflamada, lista. La sacudió un espasmo y jadeó en busca de aire mientras se arqueaba contra su cuerpo—. Jared —volvió a susurrar, tirando de sus brazos.

Él la rodeó y le quitó el aliento al besarla con profundidad. Lo sintió temblar. Se hallaba cubierto de sudor y Faith supo que su respuesta era tan poderosa como la suya, pero aún se aferraba a su pacto. La levantó en brazos y la llevó a su habitación, depositándola de pie en el suelo.

El cuerpo de ella palpitaba de necesidad. Ya no le importaban los acuerdos matrimoniales. Lo deseaba y debía tenerlo en ese instante. Le aferró los bíceps.

–Quiero quedarme. Dios sabe que quiero quedarme contigo, Faith. Pero hicimos un trato y yo prometí respetarlo –explicó con voz cortada mientras la devoraba con los ojos.

Dio media vuelta y salió de la habitación, cerrando la puerta. Ella se sentó y luchó con el impulso de ir tras él, de arrojarse a sus brazos. El cuerpo le palpitaba. No quería esperar más. Se levantó y atravesó el cuarto, apoyó la mano en el picaporte y se detuvo. «No me ama», pasó por su mente. Pero recordaba cómo había temblado al abrazarla y besarla. Algo sentía.

Se sentó en la cama y cruzó los brazos alrededor de las rodillas levantadas. Anhelaba su amor y su sexo. Con el tiempo llegarían, aunque poco consuelo le dio en ese momento. Cerró los ojos y lo imaginó con Merry, sólo en calzoncillos. Gimió y supo que tardaría en dormir.

A la mañana siguiente se levantó, se vistió y encontró a Jared en la cocina; había preparado el desayuno y estaba alimentando a Merry, que exhibía una expresión de felicidad.

–Santo cielo, éste es un servicio al que no estoy acostumbrada antes de ir al trabajo. Por lo general tomo un zumo y me como una tostada –dijo, mirando el bol con fruta fresca, el zumo de naranja y la tostada ya untada–. ¿Cómo está nuestra pequeña? –le dio un beso a la niña en la cabeza.

–Ha dormido mejor que yo. Hoy me la llevaré conmigo cuando vaya a mirar algunas tierras. Iremos al gimnasio...

–¿Te llevas a la pequeña al gimnasio?

–Claro. Tienen sillitas para los bebés. He de mantenerme en forma para el circuito.

–No creo que corras el riesgo de perderla –comentó, y él sonrió–. Regresaré a casa a eso de las seis.

Faith se apoyó en el mostrador para beber el zumo. Había una grata intimidad en compartir la mañana con él. Se lo quedó mirando, con sus vaqueros y su camiseta, el pelo suelto alrededor de la cara. Cuando se lo apartó, la vio y enarcó las cejas.

–Espero que estés recordando lo de anoche –comentó él.

–Tal vez, pero será mejor que centre mis pensamientos en el trabajo.

–Estás estupenda –observó la falda recta y la blusa blanca–. Si no tienes miedo de que te salpique con puré de plátano, ven aquí.

–Creo que prefiero mantener las distancias con Merry –dijo, más preocupada por lo que podía pasar si dejaba que la abrazara y la besara.

Él se levantó y apoyó la mano en su nuca. Se adelantó y la besó. El único contacto era el de su mano, pero cada centímetro de su cuerpo cobró vida al recordar la última vez que la había tocado. Mientras su lengua penetraba con lentitud en su boca, ella le rodeó el cuello con los brazos.

–No puedo resistirme a ti –susurró ella. Desde lejos oyó a Merry moverse y empezar a irritarse.

–Es un buen inicio de día –indicó él, apartándose.

Se dedicó a alimentar otra vez a la pequeña y Faith sintió pequeñas hogueras en su interior. Respiró hondo y se olvidó del desayuno; fue a recoger sus cosas y se marchó antes de echarse en sus brazos.

No llevaba ni una hora de trabajo cuando su tío la llamó a su despacho. En cuanto se sentó frente a él, Blake le sonrió.

—Eres una mujer casada preciosa. ¿Qué tal la vida de matrimonio?

—Muy agradable.

—Bien. Ahora hablemos de la vida aquí en la agencia. Faith, estamos muy complacidos con el trabajo que has estado realizando.

—Gracias —dijo con un poco de sentimiento de culpabilidad, ya que en una semana no había dedicado ni un solo minuto a pensar en el trabajo.

—Y por las cuentas que nos has ayudado a conseguir este año y por lo encantados que están nuestros clientes con tus campañas, creo que es hora de ascenderte. También Porter merece subir. Él pasará a ser vicepresidente de cuentas. Tú ocuparás su puesto como vicepresidenta de diseño.

—¡Es toda una sorpresa! —exclamó con sinceridad, ya que no contaba con un ascenso hasta pasados unos años—. ¡Me siento halagada! No esperaba nada semejante.

Él sonrió y habló sobre su nuevo puesto, mientras Faith pensaba en la idea de contárselo a Jared. Comprendió que su marido no iba a mostrarse tan encantado.

Al mediodía todo el mundo la felicitaba. En cuanto salió del despacho de Blake, llamó a Jared, pero no contestó nadie, y recordó que pensaba ir a mirar tierras. Sabía que no se mostraría impresionado, ya que el ascenso la ataría más que nunca a su trabajo.

Justo antes de marcharse a almorzar con su amiga Katie, se detuvo ante una ventana. Miró por encima de las copas de los árboles hacia la franja gris azulada que era el río Arkansas. ¿Dónde estaba Jared y cuándo regresaría a casa? Por lo general nada parecía molestarle, aunque sospechó que quizá no fuera así con el ascenso. Y también sus propias prioridades empezaban a cambiar. Se dio cuenta de que los sentimientos que tenía él respecto de su trabajo empezaban a ser importantes.

Bajo un sol brillante, Jared caminaba junto al corredor de fincas. Una hierba alta le rozaba las piernas. Era una tierra ondulante con un arroyo que serpenteaba cerca de la casa. La maleza crecía hasta la puerta. Se habían caído algunas tejas del techo. Faltaban persianas de las ventanas y le hacía falta una mano de pintura, pero la estructura básica sería segura con un tejado nuevo. Hecha de ladrillo y madera, la larga casa estilo rancho tenía un porche que recorría su extensión. El agente, Jim Creighton, abrió la puerta y le indicó que entrara.

—A la casa le hacen falta unas reparaciones, pero quien la compre la obtendrá a precio de ganga, porque la dueña quiere vender y no desea esperar. Además, la casa se puede derribar y construir otra encima. Ahorrarás suficiente con la tierra. Por esta zona todo cuesta mucho más que esta propiedad.

Jared entró con Merry en brazos en el salón y contempló la chimenea de piedra, el suelo de tarimas anchas y la biblioteca vacía de roble. Fue de habitación en habitación e imaginó la casa rehabilitada, con Faith, Merry y él viviendo en ella. Tenía cuatro dormitorios grandes y tres cuartos de baño. El salón exhibía un ventanal que daba una visión panorámica hacia el sur.

—Me gustaría traer a mi esposa para que la viera.

—Claro. ¿Qué día sería el idóneo? —preguntó Creighton, que sacó un pequeño cuaderno de notas.

—Esta noche sería perfecto. Tardará en oscurecer. ¿Qué te parece a las ocho?

Creighton le dio una llave y le dijo que pasara cuando le fuera bien y luego lo llamara. Cerraron, Jared se despidió del agente y le informó de que se iba a quedar para echar un último vistazo. En cuanto

Creighton se marchó, Jared se metió en la furgoneta con Merry y recorrió la tierra de la parte de atrás de la casa. Encontró senderos y los siguió; condujo por la propiedad hasta que quedó satisfecho de que había encontrado el rancho que quería.

Estaba ansioso por mostrárselo a Faith.

En cuanto Faith cruzó la puerta aquella noche, Jared la alzó en brazos y le hizo dar varias vueltas. Ella rió, pero cuando él la deslizó por su cuerpo, la sonrisa se desvaneció. Ladeó la cabeza y cerró los ojos en el momento en que la besó. Por último apartó la cabeza y lo miró.

—Pareces feliz.

—Lo estoy. He encontrado nuestro rancho.

—¡No! ¿Lo has comprado?

—Claro que no. Quiero que lo veas y me digas que te parece —jugueteó con su cuello.

—No tengo ni idea de ranchos. ¿Dónde está Merry?

—Dormida. Le gustó el sitio.

—Oh, sin duda. A Merry siempre le encantan las cosas que le gustan a su padre.

—Por supuesto, cariño.

—¿Y dónde se encuentra el rancho?

—Esa es una de las cosas positivas que tiene. Muy cerca de la ciudad. Podemos ir y venir con facilidad, y podremos vivir aquí largo tiempo.

Faith recordó su ascenso, pero supo que primero debería dejar que le hablara de la propiedad. Parecía complacido, y se preguntó si estaba tan cerca como él decía.

—Tengo la llave; pensé que primero podíamos ir a echarle un vistazo y luego te invitaba a cenar.

—Eso suena a soborno.

—No, se me ocurriría algo mejor si intentara sobornarte —dijo, recorriéndole la curva de la oreja con la lengua—. Si no te gusta, seguiré buscando. La casa está mal, pero da la impresión de que se la puede rehabilitar para vivir en ella. Y te prometo que la cocina la haremos nueva.

–Eso me suena ominoso. Una cocina nueva significa un estado lamentable.

–Tal vez, pero tiene muchas posibilidades. Yo siempre vislumbro las grandes posibilidades –la llenó de besos hasta el nacimiento del escote. A Faith le resultó difícil mantener los pensamientos en las preocupaciones del día.

–Jared, hoy me han ascendido a vicepresidenta –anunció casi sin aliento, sin pensar en las consecuencias mientras sentía que le desabrochaba el primer botón.

–Tendrías que habérmelo contado nada más llegar –se enderezó para mirarla–. ¡Felicidades! Es fantástico.

–Temía que no te alegraras.

–Si a ti te satisface, a mí me parece perfecto, cariño. No me sorprende. Debes ser el mejor talento que tienen.

–¿Lo dices en serio? –sintió como si le hubieran quitado un peso de encima. Parecía sinceramente feliz por ella, y por primera vez desde que le anunciaron su ascenso se sintió encantada.

–Lo digo en serio –corroboró con calidez–. Nos llevaremos a Merry a celebrar tu ascenso. Podemos ir a ver el rancho mañana por la noche.

–Oh, no. El tío Blake se lo contó a papá, y mañana por la noche va a preparar una celebración. Será una cena en su club con toda la familia, los amigos íntimos y algunas personas de la agencia. Iremos a verlo esta noche cuando Merry se despierte.

–Felicidades de nuevo, Faith. Es realmente estupendo.

–Gracias –repuso; le rodeó el cuello con los brazos, envuelta en su magia, y él se inclinó para besarla. Los gritos de Merry hicieron que se separaran.

—Iré a buscarla —dijo Jared—. Cámbiate y saldremos.

En ese momento sonó el teléfono y Faith contestó para oír la voz de Meg.

—¡Felicidades! ¡Papá me contó que te habían ascendido! Es fantásico.

—Gracias, Meg.

—Apuesto que a Jared también le parece estupendo.

—Así es.

—Pensé que quizá a los dos os gustaría celebrarlo antes de la fiesta familiar de mañana. ¿Te gustaría traerme a Merry para que os podáis quedar solos?

—Suena tentador, pero Merry no os conoce.

—Nos conoce un poco de la boda, y así tendrá la oportunidad de llegar a conocernos bien.

—Hmmm, deja que se lo pregunte a Jared.

—¿Preguntarme qué? —inquirió él al regresar con una somnolienta Merry en brazos. Sacó el biberón de la nevera y ella quiso agarrarlo cuando Jared le quitó la tapa y lo introdujo en el microondas.

—Meg se ha ofrecido a quedarse con Merry esta noche mientras lo celebramos.

—Si a ti te complace, por mí perfecto, cariño —dijo, retirando la botella y poniéndole otra vez la tetilla mientras acomodaba a la niña en una cadera. La pequeña aferró el biberón y se lo llevó a la boca—. Sabes que le gusta la compañía de otros niños, de modo que si Meg quiere, adelante.

—Bien. Trato hecho, Meg. Cuidaremos de los tuyos cuando tú quieras.

—Traedla en cuanto os venga bien.

—Gracias, cuñada —dijo Jared al quitarle el auricular a Faith.

—De nada.

Le pasó otra vez el teléfono y le sacó las horquillas del pelo para que le cayera sobre los hombros mientras hablaba. Le rozó levemente el cuello y la mejilla, lo bastante próximo a ella como para que Faith sintiera el calor de su cuerpo.

—Y Merry también puede quedarse aquí mañana por la noche —añadió Meg—. La madre de Stan va a venir a cuidar de los niños mientras estamos en la fiesta. ¿Qué te parece? —Faith respiró hondo cuando Jared introdujo el dedo por debajo del cuello de la blusa para recorrer con suavidad la curva de su pecho—. ¿Faith?

—Bien —sobresaltada, se dio cuenta de que Meg seguía hablando—. Será mejor que cuelgue. Un millón de gracias, Meg —dejó el auricular y se volvió para asir la mano de Jared—. No puedo hablar cuando me haces esas cosas —se acercó a Merry—. Hola, preciosa. Hoy te eché de menos —miró a Jared y alargó los brazos—. Tú la has tenido todo el día. ¿Me la das? —le pasó a la pequeña, quien dejó de beber para sonreírle a Faith: ésta sintió que el corazón le rebosaba de alegría—. Oh, Jared, la quiero tanto.

—Lo más probable es que ella se enamorara de ti aquella tarde en que fuiste a rescatarla.

—Te quiero, preciosa. Ahora eres mi pequeña —dijo, dirigiéndose hacia la sala de estar y la mecedora.

Jared la observó con un anhelo profundo. ¿Llegaría a mirarlo con la misma ternura que proyectaba sobre Merry?

Una hora más tarde, Faith se había duchado y puesto unos vaqueros y una camiseta. Dejaron a Merry en la casa de Meg y Jared puso rumbo en dirección sudeste, a las afueras de la ciudad. Mientras conducía le dio los detalles del rancho.

—Acaba de salir al mercado, Faith.

—¿Por qué lo venden a un precio tan bajo?

—La pareja propietaria se la dejó a su única hija, que lo ha descuidado durante casi un año. Vive en

Inglaterra, el rancho no le interesa y se quiere deshacer de él —la furgoneta pasó por encima de un puente desvencijado que atravesaba el lecho seco de un arroyo—. Tendremos que poner un puente nuevo.

—No sé por qué, si no tiene agua.

—La tendrá cuando llueva en primavera —se detuvo ante la casa, bañada por los últimos rayos del sol.

—Jared, da la impresión de que necesita muchas reparaciones —dijo, consternada por el aspecto de la casa.

—Las podemos realizar —indicó él de buen humor—. Su estructura está bien, salvo por el techo. Ven a echarle un vistazo.

Faith caminó a su lado, tratando de concentrarse en la casa y la tierra, aunque era mucho más consciente de Jared. Tenía el brazo sobre sus hombros, y la mantuvo pegada a él hasta terminar el recorrido.

Casi había oscurecido cuando se apoyó en la furgoneta y la volvió hacia él.

—¿Quieres comprarlo?

—¿Así? —rió Faith—. ¿No deberíamos mirar otros sitios? Te precipitas en todo.

—Sólo en las cosas que quiero precipitarme. En los tratos muy especiales.

—Yo no sé nada de ranchos. La casa está bien. Pero creo que deberías mirar más propiedades. Es una decisión importante —se frotó la frente—. Aunque no sé para qué hablo. Te precipitaste en nuestro matrimonio y sé que te lanzarás a esto de cabeza.

—No pienso precipitarme. De hecho, creo que estoy mostrando una contención impresionante —dijo, y Faith se preguntó si hablaba del rancho o de hacer el amor con ella. Con los dedos le rozó la nuca mientras con la otra mano bajaba hasta su trasero con movimiento casual.

—Jared, haz lo que quieras.

—También te involucra a ti. Esta compra me consumirá todos los ahorros, y tendré que pedir un préstamo.

—Puedes usar mis ahorros —le acarició la barbilla.

—Gracias, cariño —repuso con calidez—, pero tú mantén tus ahorros. Puede que los necesites algún día. Yo me arreglaré. Y el abuelo me ayudará a empezar dándome algunas reses —sopló una brisa y él miró alrededor—. Será un lugar agradable. Lo sé. Vayamos a llamar a Creighton antes de que otra persona descubra el terreno.

—Creo que deberías tomarte más tiempo, pero está bien —nadie en su familia compraría algo del tamaño de ese rancho a las horas de haberlo descubierto. Volvió a frotarse la frente. ¿Cómo recibirían esa noticia en la fiesta del día siguiente?

Capítulo Nueve

Al día siguiente Jared dijo que llevaría a Merry a la casa de Meg y que llegaría un poco más tarde a la fiesta porque se demoraría mirando unos registros en el juzgado.

Faith se puso un vestido azul recto y sin mangas. Se sentía contenta, y sabía que no era por el ascenso o la fiesta. Tenía ganas de estar con Jared esa noche. Tarareando una canción, se sujetó el pelo y se colocó los pendientes de diamantes.

Al llegar al club, servían unos cócteles en la terraza. Aceptó las felicitaciones de sus padres; su padre irradió felicidad al abrazarla.

—Estoy orgulloso de ti —dijo.

—Gracias, papá. Jared se va a retrasar un poco. Tenía una cita.

—Claro. Blake me habló de los clientes y de las cuentas que has conseguido este año. Es estupendo.

—Gracias.

—Ahí está Blake.

Cuando su padre se alejó, vio a Andy a unos metros, observándola. Él alzó su copa de vino en un brindis.

—Felicidades.

—Gracias.

—¿Dónde está el vaquero?

—Jared tenía una cita. Vendrá pronto.

—¿Sigues siendo la novia feliz?

—Sí —repuso, preguntándose cuánto tiempo mostraría su hermano antagonismo hacia Jared. Sintió que alguien la miraba; se volvió y avistó la cabeza de

Jared por encima de la multitud. La gente se apartó y sus ojos se encontraron–. Jared ha llegado. Discúlpame, Andy –se alejó sin mirar atrás.

Quedó sorprendida cuando Jared entró en la terraza. Llevaba un traje oscuro, como la mayoría de los hombres presentes, pero era mucho más atractivo que todos.

–Estás preciosa –dijo él con aprobación al llegar a su lado–. Lo bastante como para llevarte entre los matorrales y salirme con la mía.

–Estoy lista para que lo hagas –dijo sin apartar la vista de sus ojos. Él enarcó las cejas y ella vio curiosidad en su mirada.

–Si eso te complace, es más que perfecto para mí, cariño –afirmó con voz ronca–. Vayamos al vestíbulo a mirar los cuadros.

–No vas desarreglarme antes de que empiece la fiesta –dijo con una sonrisa, tentada a acompañarlo–. Las únicas obras de arte que hay en el vestíbulo son los cuadros de los presidentes del club.

–Quizá haya colgado algún Monet que tanto te gusta. Vayamos a comprobarlo.

Incapaz de resistir unos momentos a solas con él, dejó que la tomara del brazo y la llevara al vestíbulo. Lo miró y el pulso se le aceleró al ver el deseo que ardía en sus ojos.

–Vuelves a salirte con la tuya –comentó.

–Tú me acabas de decir lo que querías. Necesitamos algo de intimidad.

–¡No vas a hacerme el amor aquí en el club!

–Siempre podemos probar en el jardín. Con este calor dspondríamos de él sólo para nosotros –ella rió, sabiendo que bromeaba, aunque su expresión no era de broma. La llevó a un salón vacío y cerró la puerta.

–Quizá tengan planes para este salón –indicó Faith.

–Y yo también –la atrajo a sus brazos.

–Llevas un traje que no te conocía.

—Es nuevo. Lo compré para encajar un poco mejor con tu familia.

—¿De verdad? —se preguntó si su familia hacía que se sintiera como un proscrito—. Bueno, pues yo puedo decirte que estás muy sexy —añadió con voz ronca, pasando las manos por las solapas y bajando hasta sus muslos.

—Me lo pondré más a menudo.

—Aunque no tan sexy como con esos calzoncillos que usas.

—Lo has notado, ¿eh?

—Creo que no me perdí ni un detalle. Y estoy segura de que tú tampoco.

—Recuerdo todo lo que te has puesto a la perfección —le besó la sien, la mejilla y la oreja mientras cerraba el brazo en torno a su cintura.

—No me desarregles. Seguro que papá propondrá un brindis y todos me mirarán, así que no quiero dar la impresión de que...

Le cubrió la boca con la suya y a ella ya no le importó el aspecto de su pelo o vestido. Sólo necesitaba un contacto para estar perdida. Al sentir su mano bajar hasta el trasero y alzarle el vestido para acariciarle los muslos, ella le aferró la muñeca y se apartó.

—Hemos de regresar a la fiesta. Esta noche sí que nos echarán a faltar.

—Ve tú, cariño. Yo no estoy en condiciones de ir ahora —musitó—. Le echaré un vistazo a los cuadros de los presidentes para ver si me calmo un poco.

Se marchó y a los pocos minutos Jared se reunió con ella. Del brazo recorrieron el salón mientras él saludaba a la familia de Faith y a los invitados, hasta que se vieron separados y tuvieron que hablar con distintas personas. Más tarde, ella lo vio con un grupo en el que se hallaban dos de sus compañeras de trabajo y su hermano Keith. Las mujeres rieron ante algo que dijo él, e incluso Keith parecía relajado y sonriente.

Jared se disculpó con el grupo en el que se hallaba y se dirigió al bar, sabiendo que era la única persona presente que bebía cerveza. Pero jamás había adquirido el gusto por el vino o el champán.

Vio que las personas con las que se encontraba Faith alzaban las copas en un brindis en su honor. Se alegraba por ella, y no veía su trabajo ni a su familia como una amenaza, ya que Faith había estado dispuesta para un cambio desde que la conoció. Se preguntó si empezaba a gustarle el mundo al que la había arrastrado. Un mundo de rodeos, viajes, ranchos y bebés. Y sexo. Sabía que eso le gustaba, y que cuando se unieran como marido y mujer, la llevaría a lugares que jamás había soñado posibles.

—¿Cómo está el vaquero? —preguntó un hombre a su espalda.

Jared se volvió para ver al robusto abuelo de Faith, el único hombre en la sala que no llevaba traje ni corbata. Lucía una camisa y pantalones azules y le estrechó la mano con gesto amigable.

—Bien. Disfrutando del momento de gloria de mi mujer.

—Debería estar en casa con los bebés, pero eso llegará con el tiempo —ladeó la cabeza para estudiar a Jared—. Llegará, ¿verdad? ¿Tendréis más hijos que la pequeña Merry?

—Con la ayuda de Dios.

—¿Dónde conseguiste la cerveza?

—Aquí mismo —Jared se volvió y le pidió al camarero otra cerveza.

—Gracias. Esta bebida espumosa sabe tanto como agua de arroyo. ¿Crees que podrás seguir montando esos toros cuando llegues a mi edad?

—En realidad no había pensado con tanta antelación —sonrió—, pero lo dudo. No sé siquiera si seguiré montándolos dentro de cuatro o cinco años. Aunque se gana mucho dinero.

—Sí, eso he leído. A menos que el toro te dé una cornada o algo parecido.

—Intento mantenerme alejado de su camino. A propósito, acabo de hacer una oferta por una tierra. Pretendo dedicarme a criar ganado en cuanto cierre el trato.

—¿Faith estuvo de acuerdo?

—Sí, señor. El rancho está cerca de la ciudad, para que podamos ir y venir con facilidad.

—Bien, estupendo por vosotros —alzó la cerveza—. Felicidades por tu nuevo rancho. Me alegro de que hayas aparecido. Necesitamos sangre nueva en esta familia. He visto tu informe financiero. Eres muy bueno en tu trabajo, aunque es muy duro.

—Lo mismo que otras muchas cosas —comentó Jared.

—No he montado a caballo en cuarenta años.

—En cuanto tengamos el rancho, ven a visitarnos y podrás hacerlo.

—¿Tendrás algún animal dócil? Estos huesos viejos ya no soportan gran cosa.

—Espero que esos huesos viejos soporten mucho, pero, sí, tendré alguno dócil para ti.

—No te asusto, ¿verdad? —el abuelo Kolanko soltó una risita entre dientes.

—¿Por qué habrías de hacerlo?

—No lo sé, pero el último tipo con el que Faith salió quedó muy asustado conmigo. Creo que fue por mi dinero.

—Bueno, pero yo no quiero tu dinero. Han anunciado la cena. Iré a recoger a mi hermosa esposa.

—Hazlo.

Jared avanzó entre la gente y tomó a Faith por el brazo.

—¿Te ha estado molestando el abuelo?

—Demonios, no. Es muy agradable.

—Eres el primero que lo piensa —lo miró como si dudara de su seriedad—. Pone nerviosos a Andy y a Keith. Irrita a mi padre porque dice lo primero que le pasa por la cabeza.

—Eso se llama honestidad y está bien.

—Creo que mi familia está acostumbrada a un poco de delicadeza y sutileza.

—¿Qué te parece esto como un poco de delicadeza y sutileza? —preguntó en voz baja mientras avanzaba detrás de ella entre la multitud y entraban en el comedor. Oculto a la vista de los demás, bajó la mano hasta su trasero.

—Alguien va a verte —comentó girando la cabeza.

—Jamás. Tengo dedos ágiles llenos de delicadeza —volvió a acariciarla levemente, y en esa ocasión descendió hasta el muslo.

—Felicidades, Faith —dijo un hombre alto y de cabello castaño.

—Gracias, Dan. Te presento a mi marido, Jared Whitewolf. Jared, Dan Haworth. Dan es el contable del tío Blake y de papá.

—Encantado de conocerte —le estrechó la mano, y luego la apoyó en el hombro de Faith.

—Casi te pillan —musitó ella cuando Dan se marchó.

—Y un cuerno. Espera que estemos sentados y verás lo que puedo hacer debajo de la mesa.

—¡Mantén las manos a raya hasta que lleguemos a casa! —dijo, sonriendo y asintiendo en dirección a alguien que la felicitó.

Durante la cena apenas tuvo conciencia de algo que no fuera su atractivo marido. Las leves caricias que le dedicó avivaron más el fuego que ya ardía en su interior. Mientras cortaba un jugoso chuletón, Jared se inclinó y susurró:

—He arreglado una cita para mañana con Andy.

—Perdona —sorprendida, bajó el tenedor—. Seguro que no he oído bien.

—Has oído correctamente. Quiero redactar un testamento...

—¿Por qué? —preguntó con un escalofrío.

—Quiero que mire el contrato del rancho y necesito

un testamento por Merry y por ti. Quiero que figures como mi heredera, y tú y yo deberíamos designar un tutor para Merry por si nos pasara algo. Es algo rutinario, Faith. Algo que creo que debo hacer como padre.

—¿Crees que podrás tratar con Andy? —pensó en el peligro de la monta de toros y apoyó una mano en su rodilla.

—A él le preocupa tu interés, de modo que no debería plantearse ningún problema —repuso, y le apretó la mano. Ella lo soltó y se volvió del otro lado cuando Meg le dijo algo a Jared.

Mientras Faith bebía un sorbo de agua, se dio cuenta de que se iba ganando a su familia uno a uno. Se preguntó quién sería el primero en perder la animosidad hacia él, Andy o su padre. Cuando terminó de charlar con Porter, soportando que las manos de él la encendieran aún más, se volvió hacia Jared.

—Tienes unas manos muy sueltas.

—No tanto como espero —indicó.

El sonido de una cuchara contra una copa de cristal hizo que reinara el silencio. Su padre se levantó para proponer un brindis.

—Por nuestra nueva vicepresidenta. ¡Los mejores deseos para el año entrante!

Todo el mundo musitó sus congratulaciones al tiempo que Faith se incorporaba.

—Quiero daros las gracias, mamá y papá, por la cena de esta noche; y también quiero agradecer a Blake y a todos mis compañeros de trabajo lo que han hecho —miró a Porter y alzó la copa—. Deseo proponer un brindis por mi compañero y supervisor, Porter Gaston, nuevo vicepresidente de cuentas de Graphic Design.

Después de que todos brindaran, se sentó y la conversación se reanudó mientras ella miraba a su marido.

—¿Quieres dejar de acariciarme? Alguien lo va a notar.

–¿Notar qué? ¿Qué me gusta coquetear con mi esposa? Eso no es escandaloso.

–¡Pero sí lo es lo que estás pensando! Y tienes la mano en mi pierna.

–¿Crees que sabes lo que pasa por mi cabeza?

–Sé cómo me estás mirando y lo que en este instante hace tu mano. ¡Compórtate! –apretó con fuerza las rodillas, pero los dedos de él se movieron con indolencia en el punto en que sus piernas se unían. Con cada caricia sintió lenguas de fuego en el cuerpo.

–Si apenas te toco. ¿Qué tiene de malo jugar un poco?

–Haces que desee meterme bajo la mesa y arrastrarte conmigo, con o sin cena –susurró en su oído.

–Oh, cariño. No tenía ni idea...

–¡Y un cuerno! Ahora voy a hablar con Porter y tú pon esa mano en tu propio regazo.

–¡Eso no tiene gracia!

–Prueba a ser un poco circunspecto hasta que salgamos de aquí.

–Si eso es lo que quieres –suspiró–. Embotellaré mis inclinaciones naturales provocadas por tu vestido y las piernas más sexys que jamás he visto.

–Gracias –dijo ella con el corazón desbocado. Se volvió hacia Porter y no supo si se sintió aliviada o no cuando Jared se guardó las manos para sí mismo.

Poco después de la cena, cuando iban a dejar la fiesta, Jared le rodeó los hombros mientras se dirigían hacia la puerta.

–Deberíamos decirle a Meg que nos marchamos y llamar a la madre de Stan para informarle de que no tardaremos en llegar. ¿Sabes?, somos los primeros en irnos –añadió Faith.

–Ya me he ocupado de todo eso. Hablé con Meg –mantuvo la puerta abierta y la siguió–. Le pregunté si no le molestaría quedarse con Merry toda la noche.

–¿Por qué lo hiciste?

–He hecho una oferta por el rancho. Y aunque es

de noche, me gustaría echarle otro vistazo contigo. Cuando volvamos a la ciudad será tarde para recoger a Merry.

—¿A Meg no le importa?

—En absoluto. Ya conoces a tu hermana. Es como tú. Podría tener una docena de niños y ser feliz como una gallina con sus polluelos.

—Tú no sabes eso de mí —replicó, aunque sabía que él tenía razón. Había echado de menos a Merry durante la luna de miel, y la extrañaba cada día que iba a trabajar.

—Oh, sí, cariño. No me cabe la menor duda. Di que me equivoco —se detuvo ante la puerta de salida y le bloqueó el paso hasta que contestó.

—Te crees muy listo —repuso con sequedad; él sonrió y le abrió la puerta.

—Háblame de tu nuevo puesto... ¿cambiarás de despacho? —inquirió mientras avanzaban por el aparcamiento iluminado.

—Pasado mañana, y tendrás que venir a verlo —dijo mientras salían con la furgoneta y ponían rumbo hacia el terreno. Entraron en el polvoriento camino, cruzaron el puente viejo y al rato llegaron al rancho a oscuras—. Jared, bajo la luz de la luna la casa parece preciosa —dijo, imaginando cómo quedaría rehabilitada.

—Lo sé. En mi mente es fantástica. Una casa grande y bonita, y podemos dejarla mejor que la de Peoria. Y tiene ese ventanal enorme en el lado sur. Noche y día estará llena de luz.

—Por la noche no —ella sonrió.

—Por la noche tú eres el sol —le besó la mano.

—Jared, ¿y si Meg nos necesita por algún motivo? —preguntó Faith de repente.

—Llevo el teléfono móvil. No te preocupes por Merry. Meg tendrá todo bajo control.

—¿Cómo sabes a dónde vamos? —inquirió mientras el vehículo traqueteaba sobre la hierba—. Ni siquiera hay un camino.

–Hice un recorrido ayer mientras lo inspeccionaba con Merry.

Subieron por una colina y él aparcó cerca de un roble. Bajó, y cuando ella lo imitó, quedó envuelta por el silencio. Jared sacó una manta de la furgoneta y le tomó el brazo.

–¿Llevas una manta? –preguntó Faith.

–Es la que llevé la tarde del picnic con Merry en el parque. Faith, ha habido pocas mujeres en mi vida desde la llegada de la pequeña.

–De todos modos, no era asunto mío –repuso ella, aunque su respuesta le satisfizo.

–Ahora sólo hay dos mujeres en mi vida y una aún no ha cumplido el año de edad –extendió la manta.

–Jared, ¿qué haces?

–Disfrutar de ti y de nuestro futuro hogar –se quitó la chaqueta y la corbata. Desabrochó los primeros botones de la camisa–. Mira a tu alrededor.

Le pasó un brazo por los hombros y ella sintió el contacto de su cadera, el calor de su cuerpo. En todas direcciones se extendía una exuberante tierra verde iluminada por la luna, más sombreada allí donde había arboledas. En la distancia, en una hondonada, pudo ver la casa y cerca la corriente plateada del arroyo.

–Esto es hermoso –susurró, preguntándose cómo sería su vida en el futuro.

–Lo más hermoso del mundo –musitó él y la hizo girar. Fue entonces cuando Faith comprendió que se refería a ella–. Lo eres.

–No, no lo soy, pero me alegra que lo pienses –dijo con aliento contenido.

–Quiero recuperar el tema de conversación que mantuvimos antes.

–¿De verdad? –dominada por la expectación, se adelantó y pasó la lengua por la parte visible de su pecho, sintiendo cómo se expandía al respirar–. Porque lo último que deseo yo es hablar.

Capítulo Diez

Jared emitió un gemido ronco, un sonido masculino que hizo que ella se sintiera deseada, sexy. Quería que la amara. Quería amarlo, complacerlo, acariciarlo y besarlo. Ese hombre salvaje, tan fuerte e intrépido, tenía algunos vacíos en su vida y sospechaba que era vulnerable en lo concerniente a su corazón.

Había mantenido su parte del pacto. Había hecho todo lo posible para satisfacerla, incluyendo la espera para consumar el matrimonio y permitirle que decorara la casa de Peoria. Se había comprado un traje nuevo para encajar con su familia, le había consultado sobre la compra del rancho. En ese momento era ella quien quería complacerlo y necesitaba desesperadamente su amor.

Era hora de que intentaran hacer realidad su matrimonio. Aunque tenían a Merry, Faith estaba lista para otro bebé... el hijo de Jared.

Él apoyó las manos a los lados de su cabeza y le alzó el rostro mientras ella le desabotonaba el resto de la camisa. Unos ojos oscuros penetraron hasta su alma.

—Quiero hacerte mía en todos los sentidos —dijo con voz ronca y emocionada. ¿Era tan vital para su vida como él daba a entender? Le soltó el pelo—. Juramos apoyarnos. Quiero que desees eso con todo tu ser, incluyendo lo que implica.

Ella respiró etrecortadamente, con el corazón latiéndole con fuerza y el cuerpo tembloroso bajo su escrutinio. Entonces Jared bajó la cabeza y conquistó su boca, desatando una tormenta que rugió a su alrededor.

Atrapada en el remolino emocional creado por él, se puso de puntillas y le rodeó el cuello. Le quitó la cinta que le sujetaba el pelo. Luego le quitó la camisa y dejó que sus dedos recorrieran los músculos poderosos de sus hombros. Los besos de Jared habían liberado una marejada de deseo que amenazaba con ahogarla.

Le dolía la parte inferior del cuerpo, con un anhelo que sólo él podía llenar. No era virgen, aunque realmente no había existido hombre alguno antes que Jared. Nadie la había arrastrado a semejantes profundidades de necesidad. Nadie había despertado esa pasión en ella ni la había tratado como si fuera la mujer más sexy del mundo.

—Te necesito —musitó Jared sin apartar la boca de la suya, moviendo la lengua y provocando un ritmo que avivó el fuego centrado entre las piernas de Faith.

—Jared, yo no tengo mucha experiencia...

—Cariño, eso es algo por lo que no debemos preocuparnos. El ayer no existe. Somos nosotros y el momento —musitó él, y ella aceptó sus palabras al verse abrumada por el deseo.

La recorrió despacio con las manos; bajó por los costados hasta sus caderas, sus muslos, y volvió a subir hasta el comienzo del vestido. Tiró de la cremallera y ella sintió la brisa nocturna cuando se lo quitó. Al caer en la hierba, Jared se echó atrás y paralizó las manos mientras la contemplaba.

—Eres hermosa —dijo con voz maravillada.

Sin dejar de mirarla, subió los dedos hasta el centro de su pecho. Con movimiento hábil, le desprendió el sujetador. Apresó sus senos y ella se tensó, inflamada y ansiosa. Mientras la sostenía con suavidad, se agachó. Con la lengua realizó un movimiento giratorio en torno al pezón; Faith gimió y se aferró a él, dominada por el frenesí de su necesidad. Los pechos se le endurecieron y anhelaron su boca. Cuando él tomó el pezón en sus labios, la atormentó con la lengua y con un ligero mordisco.

Jared tembló y luchó por mantener el control. Desde aquella primera tarde la había deseado en sus brazos, desnuda, abierta a él. Quería la suavidad de su cuerpo rodeándolo, tenerla debajo del suyo, y sintió como si hubiera esperado siglos para esa noche.

–Te deseo, Faith. Deseo que nos amemos aquí, en nuestra tierra, donde tendremos a nuestra familia. Nuestros corazones y hogar estarán aquí –dijo, sin saber si ella lo había escuchado. La llenó de besos en el cuello.

–¿Y quién planifica ahora? –susurró ella. Le rozó la oreja con la lengua y él se tensó–. Creía que nunca adelantabas tus planes –lo acarició–. Estás planeando tu vida. Y la mía.

–La vida es un juego –indicó él–, pero el amor es algo de lo que puedes depender. Es sólido como una roca.

–Aún no puedes saber qué es lo que tendremos juntos –¿cómo podía estar seguro sobre algo que no conocía?

–Sé lo que siento y lo que quiero –respondió con voz ronca.

Ella respiró hondo y Jared se preguntó si le creía o no. Se inclinó para besarle un pecho y acariciarle el otro, frotando un pezón con el dedo pulgar mientras la lengua jugaba con una cumbre tensa. Los dedos de Faith eran una tormenta furiosa sobre su cuerpo que amenazaban su control.

Quería un lugar y un momento en el tiempo que ella no olvidara. Él no lo olvidaría, pero estaba perdidamente enamorado, aunque Faith no podía verlo ni le creería si se lo contara.

La dejó en la manta y se echó atrás de nuevo para mirarla, mientras se quitaba las botas.

Él jugó con la cintura de sus pantys y ella bajó los dedos hasta los pantalones, que desabrochó con dedos hábiles y seguros. Al caer hasta sus tobillos, Jared salió de ellos.

Faith contuvo el aliento, su cuerpo estaba ardiente. La virilidad de Jared se veía plena bajo los ceñidos calzoncillos. Metió los dedos en la banda elástica y los bajó por las piernas fuertes. Se quedó de rodillas y empuñó su tensa masculinidad al adelantarse para besarlo. Él jadeó y enredó los dedos en su cabello, luego la puso de pie para besarla. La urgencia hizo que sus manos temblaran de deseo al recorrerla.

La alzó y sintió su cuerpo desnudo y cálido contra el suyo. Se arrodilló en la manta sin dejar de besarla y la depositó en ella. Luego bajó hasta acariciar el arco de su pie.

–Cada centímetro de ti es hermoso para mí.

Faith lo miró y sus palabras remolinearon en su cabeza. La necesidad que tenía de él era absoluta y devoradora. No apartó la vista mientras Jared abría un sendero desde su pie hasta el interior de su rodilla. Lo observaba apoyada sobre los codos y anhelaba tocarlo.

–Te deseo, Faith –susurró.

Se aferró a su nuca y se sentó, atrayéndolo para besarlo, recorrerle los labios con la lengua e introducirla en su boca. Cuando él se apartó, le besó el cuello, el pecho, y la tumbó en la manta mientras la incursión de sus besos se adentraba en su vientre y su lengua dejaba un sendero de fuego. Le abrió las piernas y plantó besos entre sus muslos para posarse en el centro de su calidez.

Ella soltó un grito y se arqueó, lista. Jared se movió y trasladó la mano al lugar donde había estado su boca. La acarició y frotó, creando presión mientras ella movía las caderas. Con cada contacto sentía el cuerpo de Faith cada vez más tenso.

—Jared, por favor, te deseo —murmuró.

Él no estaba seguro de que pudiera durar otros diez segundos, pero iba a intentar contenerse. Haría que recordara esa noche, y quería forjar un vínculo entre los dos que durara para siempre. Reclamaba a su mujer con manos y boca, apoderándose de su cuerpo con la esperanza de unirse a ella también con el alma.

Faith volvió a gritar, al borde de un precipicio en el que lo deseaba más que nunca. Le agarró los brazos y lo atrajo.

—Jared, te necesito y te deseo. Me duele...

Él capturó su boca como si quisiera guardar para siempre esas palabras. Se enderezó y movió entre sus piernas. Alargó la mano hacia los pantalones para sacar un preservativo.

—No —apartó su mano—. Sabes que quiero un bebé.

—Tú eres la que siempre dice que no hay que precipitarse.

—Quizá estoy aprendiendo de ti —repuso sin aliento—. ¿Vas a hablar toda la noche?

Tiró a un lado el preservativo y bajó el cuerpo. Ella sintió que la rozaba el extremo aterciopelado de su virilidad y arqueó las caderas con un temblor de excitación. Lo rodeó con las largas piernas y recorrió su cuerpo con las manos hasta llegar a los firmes glúteos para acercarlo.

Tanteó. Se hallaba increíblemente contraída y se detuvo, sudando mientras trataba de controlar sus impulsos.

—Cariño, voy a lastimarte.

—¡Jamás! —jadeó Faith, apretando las piernas en torno a él mientras clavaba los dedos en su trasero; Jared se sintió perdido. La embistió y ella gritó—. ¡Ah, Jared, cuánto te he deseado! —susurró, moviéndose con frenesí. Él se acopló a su ritmo, besándola, tratando de unirse a ella todo lo humanamente que fuera posible.

La tensión lo golpeó y fue en aumento hasta que supo que no duraría ni un momento más. La oyó gritar desde lejos, sintió que se arqueaba aún más bajo su cuerpo y notó los espasmos salvajes que la sacudieron. Era pasión y fuego y lo calcinaba.

—¡Faith, mi amor! —soltó mientras entraba hasta el fondo, deseando poder abrazarla una eternidad. Sus cuerpos se fundieron. El éxtasis lo desgarró. Era su mujer en ese momento y para siempre.

Faith notó como si se posara en tierra tras un paseo por el cielo en una estrella fugaz, salvo que Jared era un hombre de carne y hueso que hacía el amor de forma salvaje, apasionada y arrebatadora. Le acarició la espalda, consciente de los besos que él plantaba en su sien, mejilla y cuello.

Al acariciarle el pelo quedó sorprendida por la profundidad de su reacción, asombrada por el abandono que había mostrado. ¿Se estaba enamorando de ese hombre salvaje con el que se había casado? Su cuerpo soportaba su peso y tenían las piernas entrelazadas.

—Jamás habría creído que una noche haría el amor con un hombre sobre una manta a la intemperie bajo un cielo estrellado. Eres un hombre salvaje, Jared Whitewolf.

—Y tú eres una mujer hermosa y salvaje. Y es estupendo hacer el amor bajo las estrellas, ¿no crees?

—Sí que lo es —repuso con timidez, al recordar el frenesí con que lo había amado y respondido a él.

—Cariño, me has dejado exhausto —apoyó la cabeza en la mano para mirarla y sonreír.

—Eres un hombre impulsivo —acarició la línea de su mandíbula y calló mientras él la acariciaba y hacía que se sintiera querida—. Pero si me enamoro de ti ahora, no creo que pueda soportar que sigas montando toros. ¿Cuánto tiempo piensas hacerlo?

—Tu abuelo me preguntó lo mismo hace unas horas. No he planeado lo que haré. Imagino que seguiré hasta que ya no lo desee más –la luna la iluminó y Jared contempló el cuerpo hermoso y redondeado de su mujer. Era suave, maravilloso... todo lo que había esperado y más. Tenía una piel maravillosa, pálida junto a la suya. Acarició un pecho pleno y con el dedo siguió el contorno de la aureola.

–Jared –dijo ella con voz lánguida.

–Esto es perfecto –se tumbó a su lado y la atrajo; ambos quedaron de costado, mirándose.

–Esta noche es perfecto. No quiero dormir en esta colina todas las noches.

–Dormiremos en nuestra cama, en la casa, pero hoy quería esto. Me siento parte de este sitio, y ahora parte de ti.

A Faith se le aceleró el pulso ante sus palabras, pero le costaba creerle. Era impulsivo e impetuoso... nunca en su vida se había asentado. ¿Llegaría a hacerlo?

–Jared, ¿has hecho alguna vez algo aparte de montar en los rodeos?

–Claro que sí, cariño –rió entre dientes–. He trabajado en ranchos, domado caballos, y en una ocasión trabajé para un veterinario. También para un herrero y una temporada para un electricista. He cocinado, lavado platos y conducido coches de carrera.

–¿Cuánto ha sido el tiempo más largo que has permanecido en un sitio?

–No llevé la cuenta, así que no tengo ni idea.

–Pero seguro que sabrás si te quedaste años en un lugar –insistió, consciente de que le había separado las piernas con la rodilla para introducir la suya en sus muslos. El cuerpo de él estaba acalorado, un poco húmedo. Le acarició la cintura y la curva de la cadera. Respiró hondo. ¿Cómo podía despertarle deseo con tanta facilidad?

–Cariño, jamás pasé años en un solo sitio. Nuestra madre se movió por todo el país, y después de fugarme, me fui a México y a Canadá. Mientras que tú, mujer arrebatadora, si descartamos tu estancia en la universidad, probablemente has vivido siempre aquí.

Faith sintió su sexo, duro contra su muslo, y supo que había vuelto a excitarse. El corazón le dio un vuelco cuando el contacto casual se convirtió en caricias que iniciaron un fuego en ella. Se movió para acariciarle el pecho mientras él la bañaba con besos.

Jared la deseaba otra vez. Sospechaba que ni los próximos mil años bastarían para saciarlo. Era exuberante desnuda, demasiado tentadora, y recordó la última hora y su fogoso acto sexual. Se echó de espaldas y la colocó encima de él para jugar con sus pechos antes de alzar la cabeza y tomar un pezón con la boca.

La deseaba más que antes. Supo que quizá hubiera sellado su destino. Si Faith se quedaba embarazada, tendría el bebé que siempre había querido. Pero si su matrimonio no funcionaba, ¿dónde los dejaría eso a Merry y a él? Sabía que era un temor prematuro, y quizá incluso paranoico, pero no podía imaginarse la vida sin Faith.

Y no quería parar. El matrimonio se había consumado y ya no había vuelta atrás. Le acarició la espalda, deslizó la mano por su vientre y encontró el centro de su feminidad; la oyó gemir cuando sus dedos lo acariciaron.

—Esta es la mejor clase de monta, cariño –susurró. Le alzó las caderas y la depositó sobre su virilidad mientras una tormenta de pasión se abatía sobre ellos.

Faith se movió con abandono, y oleadas de placer asolaron su cuerpo mientras las manos de él jugaban con ella bajo la luz de la luna. Se sintió salvaje, libre, asombrada.

El éxtasis estalló en ella al sentir sus profundas incursiones mientras la sujetaba por las caderas. Y entonces fue como si se derritiera encima de él. Sus brazos, seguros y fuertes, la rodearon y la besó en la sien empapada, susurrando palabras tiernas que apenas logró oír debido a sus latidos aún atronadores.

Se quedaron dormidos, y Faith despertó luego con sus caricias y volvieron a hacer el amor. Otra vez durmieron e hicieron el amor, y en cada ocasión la necesidad y la pasión parecieron más poderosas que la anterior. Cuando la primera luz bañó el cielo y las estrellas desaparecieron, ella yacía extenuada en sus brazos.

—Jared, ha amanecido. Estamos desnudos.

—¿Y quién va a vernos? —preguntó divertido.

—¡He de ir al trabajo en un par de horas! ¡Ni siquiera sé qué hora es!

Él sonrió y le dio un beso fugaz.

—Te llevaré al trabajo un poco tarde, pero en tu oficina lo entenderán. Diles que pasamos toda la noche...

—¡No pienso hacerlo! —exclamó y le dio un golpe en el hombro—. ¡Demonio!

—Apuesto que nunca has llegado tarde al trabajo.

—Quizá una o dos veces... y la última fue durante mi hora para almorzar el día que te conocí. ¿Ves lo que haces de mi vida? —dijo, levantándose. Se ruborizó y agitó las manos—. ¿Dónde está mi ropa?

—Se te ve muy bien así —susurró, y también se incorporó; estaba excitado.

—He de ir a trabajar.

—¿De verdad? —se acercó para besarle el cuello. Le acarició un pecho y jugueteó con el pezón; ella gimió.

—Jared, llegaré tan tarde...

—Valdrá la pena.

A los pocos minutos Faith decidió que así era.

Capítulo Once

Faith adelantó el torso con las manos apretadas al mirar a través del cristal hacia la pista, para luego desviar la vista al televisor que había en el palco privado. Se encontraban en un rodeo de Texas, y estaba en compañía de unos amigos de Jared y sus esposas. La cámara la situó junto a él en el cajón, y pudo ver cómo clavaba la mano en el lomo ancho del toro.

Sonó el aviso y pegó la cara al cristal. Todo el mundo a su alrededor dejó de existir. Cuando el toro saltó y giró en el aire su atención se hallaba en Jared. Cerró los ojos, incapaz de mirar; cada rodeo le resultaba más terrible que el anterior. Era finales de julio, y llevaba viéndolo competir desde la primera semana de abril, cuando lo había conocido. Con cada torneo su miedo había empeorado.

Alguien a su lado jadeó y le asieron el brazo.

—Faith, está bien —anunció una voz profunda—. Se pondrá bien —repitió Bud Tarkington, uno de los amigos de Jared.

Faith abrió los ojos y lo vio colgar del toro mientras el animal daba otro salto violento en su intento por desprenderse del vaquero que se bamboleaba en su ancho costado.

Jared cayó y una pezuña se abatió sobre él. Entonces entraron en acción los payasos para distraer al toro. Jared se levantó y fue a recoger su sombrero con movimientos rígidos; trastabilló un paso y volvió a enderezarse.

Ella salió corriendo. No soportaba verlo montar y estaba herido. Si no hubiera salido de la pista por sus propios pies, se habría desmayado en el palco.

Corrió por los enormes pasillos y bajó escalones de cemento, agarrándose a la barandilla de hierro mientras se dirigía hacia el lugar que ocupaban los animales, los establos y los jinetes.

Lo encontró sentado en un tonel mientras un enfermero le vendaba las costillas. Alzó la vista y sonrió fugazmente.

—Gracias, Gene.

—Quédate quieto mientras te fijo la venda. Debes ir al hospital a que te saquen unas radiografías para cerciorarte de que no te ha perforado el pulmón. No levantes nada pesado. Y mantente alejado de los toros.

—Sí, gracias. Te presento a mi esposa, Faith Whitewolf. Faith, este es Gene Cole.

Ella asintió, incapaz de hablar.

—Encantado de conocerla, señora. Puede llevarlo al hospital —Faith volvió a asentir y el enfermero cerró el maletín y se alejó.

—Estoy bien —dijo Jared al levantarse y acercarse a ella.

—Yo no. Jared, no pude soportar ver cómo te tiraba.

—Me repondré.

—¡Esta vez! ¿Y si hubiera sido en el cuello? No soporto que montes. Ahora eres padre. Merry te necesita. Ya ha perdido a sus padres biológicos.

—Faith, sólo me rompí unas costillas.

—Nunca he hecho nada que fuera muy físico —apartó la vista cuando él posó las manos en sus hombros—. Casi no sé nadar. No esquío. No estoy acostumbrada a ese tipo de vida y no soy capaz de soportarlo —lo miró a los ojos—. ¿Dejarás de montar toros?

—Cariño —repuso, sabiendo que no podía descartar sus temores como si no fueran nada—, al ritmo al que voy, conseguiré clasificarme para la final nacional. Eso representa mucho dinero, dinero que necesitamos. Nunca me he lesionado de gravedad. Sólo unos huesos rotos.

—Podrías morir y lo sabes.

—Ya te lo he dicho, tú corres el mismo riesgo en la autopista.

—¡No seas ridículo! Jared, déjalo, por favor —dijo con desesperación. La determinación de él le recordó el abismo que había entre sus sentimientos. Ella estaba profundamente enamorada de ese vaquero salvaje, mientras que él no la amaba lo suficiente como para abandonar su temerario estilo de vida.

—Vayamos a recoger a Merry a la casa de tus padres y regresemos a casa —le pasó un brazo por los hombros.

—Vamos a ir directos al hospital.

—Si eso te satisface, por mí perfecto, cariño.

—Yo conduciré —dijo al salir a la cálida noche y sentarse ante el volante.

Fueron en silencio al hospital, donde él desapareció mientras ella se ocupaba de los papeles del ingreso. Mientras esperaba, con un sobresalto comprendió que estaba enamorada de él, que llenaba todos los vacíos de su vida. ¿Cuánto tiempo lo había amado sin reconocerlo? ¿Cuánto iba a esperar hasta decírselo?

Rememoró la primera noche que le había hecho el amor bajo el cielo estrellado y supo que entonces ya lo amaba. Aquello no había sido sólo deseo. Había sido algo más profundo para ella, y también para él. Esa noche le había entregado su cuerpo y su corazón.

Oyó el sonido de unas espuelas; alzó la vista y lo vio avanzar por el corredor. Él alzó las manos y sonrió.

—Los pulmones están bien. Las costillas sanarán pronto. Vayamos a casa.

—Jared —dijo ella cuando llegaron a la furgoneta.

Él la miró con las cejas enarcadas–. Sé que éste no es el sitio más romántico... pero quiero decírtelo ahora. Te amo.

Jared pensó que el corazón se le saldría del pecho. La abrazó y trató de no aplastarla, haciendo caso omiso del dolor en las costillas. Sintió los ojos húmedos y un nudo en la garganta, mientras el júbilo lo consumía.

–Ah, cariño. Desde aquella primera tarde en el parque he esperado oír estas palabras. Faith, cuánto te amo. Mi querida Faith.

Ella se sintió extasiada, pero aún se veía dominada por la preocupación... ¿cuán profundo era su amor? ¿Lo bastante como para dejar la monta de toros? ¿Las pondría a Merry y a ella en primer lugar, por encima de las emociones salvajes que también anhelaba?

Se aferró a él y lo besó; sabía que en su futuro cercano se cernían problemas que parecían insuperables, pero, de momento, se amaban.

No supo cuánto tiempo permanecieron en el aparcamiento, pero cuando alguien hizo sonar el claxon recordó dónde estaban.

–Deberíamos irnos.

–Sí, vayamos a casa –cuando salió del hospital lo miró y vio que él se había girado para estudiarla–. Faith, si abandono perderé mucho. Y no estoy tan mal herido.

–Piensas volver a montar mañana, ¿verdad? –sintió un aguijonazo en el corazón–. Incluso con las costillas astilladas.

–Aún no lo he decidido.

–Tienes un bebé en quien pensar, si mis sentimientos no te preocupan.

–Cariño, tus sentimientos me preocupan mucho. Pero yo conozco mejor que tú los peligros, y en tu mente los has desorbitado.

–Dispongo de dinero para emplear en el rancho.

—Guarda tu dinero. Quizá algún día lo necesites —repuso él.

—Jared, no soporto verte montar en los toros. No puedo quedarme sentada y ver cómo resultas herido. No puedo vivir con eso. Tienes que decidir... el rodeo o nuestro matrimonio.

—Cariño, sabes qué es más importante para mí —le acarició la mejilla—. Además, ésta ha sido una mala noche. Aguarda un tiempo.

—Lo que te acabo de decir iba en serio.

—Sé que es lo que piensas ahora, cariño, pero mi mundo es nuevo para ti.

Condujo en silencio. Él había dedicado todos los días al rancho, donde ya había un equipo de hombres trabajando en la casa. No tardarían en poder mudarse allí, y sospechaba que eso era lo que él quería, sin importar cuál hubiera sido su acuerdo original. Su abuelo le había enviado un camión lleno de reses, y Jared había comprado dos caballos y una yegua dócil para ella.

Y se acercaba el momento en que él ya no podría cuidar de Merry durante el día. Meg ya la tenía al menos una vez a la semana en su casa, y también lo hacía su madre. Jared dijo que pondría un anuncio solicitando una niñera. Llegar al rancho requería una hora, y tenía la certeza de que llegaría el día en que él querría que ella la cuidara, porque él tendría que levantarse al amanecer para ponerse a trabajar.

En vez de ser un hombre de medios, se había convertido en un hombre muy endeudado. Harían falta largas horas y un trabajo duro para conseguir que el rancho resultara rentable, y los primeros años serían críticos. Él aliviaría la presión financiera con las ganancias del rodeo, pero, ¿para qué servirían si recibía una lesión permanente o moría?

Al llegar al hogar de sus padres, recogieron a Merry, que estaba dormida, y fueron a su casa de Peoria.

Faith metió a la niña en la cama y le dio un beso. Fue a la cocina a abrir un refresco. Momentos después, Jared apareció con una toalla a la cintura. Acababa de salir de la ducha. Ella contuvo el aliento ante la visión de su piel suave y de su musculoso pecho por encima de las vendas blancas.

—No intentes hacerme arrumacos —se obligó a decir—. A pesar de tener las costillas mal y de que el médico te indicara lo contrario, piensas montar mañana, ¿verdad?

—Si sólo me duele como ahora, sí. Quiero hacerlo. Faith, no puedo dejarlo. Además, no hay motivo para ello. Estás asustada porque lo desconoces.

—Estoy asustada porque no soy una temeraria que no tiene ni un gramo de cautela —él se acercó a la nevera para sacar una lata de cerveza. Bebió un sorbo largo, la dejó en la mesa y se plantó ante ella—. No intentes cambiar de tema —susurró cuando le pasó el brazo por la cintura.

—Cariño, en lo único que puedo pensar es en que has dicho que me amabas —la besó y destruyó los argumentos de ella, desterrando sus miedos y enfado.

Dos horas más tarde yacía en la curva de su brazo, con la pierna de él entre las suyas mientras dormía. No podía vivir en un estado constante de temor, y sabía que chocaban en otras muchas cosas en su vida matrimonial. Era hora de contratar a una niñera para Merry. Sabía que Jared quería ir a vivir al rancho. Pensó en el largo trayecto hasta el trabajo y lo temió, aunque quizá ésa fuera la única solución. Sabía que podrían superar todo, menos el verdadero obstáculo, el rodeo. Él no pensaba dejarlo y ella no podría soportarlo.

Se le humedecieron los ojos y se los secó, dándose cuenta de que tal vez hubiera cometido un terrible error. En el sentido más básico, no estaban hechos el uno para el otro. Llevaban casados sólo tres meses, pero la compatibilidad no surgía.

Alargó la mano y le acarició la cara. Pasó los dedos con suavidad por su pecho y sintió despertar el deseo. Su relación sexual era fantástica, estimulante. ¡Si tan sólo no fuera tan temerario!

Yació en la oscuridad, quieta, ya que sabía que si lo acariciaba un poco más despertaría y volverían a hacer el amor. Se frotó la frente, preguntándose qué debería hacer.

La noche del sábado Jared se despidió de ella en la puerta mientras sostenía a Merry en brazos. A pesar de las costillas vendadas, iba a participar en el rodeo. En esa ocasión ella no pensaba asistir.

—Llegaré a las once y media. Podemos salir con el grupo si te apetece. Llevaremos a Merry. Eso no es problema.

—No —meneó la cabeza—. Quiero quedarme en casa.

—Cuídate —dijo tras mirarse un momento largo. Se puso el sombrero y se dirigió hacia la furgoneta.

Ella cerró la puerta y abrazó a Merry. Con los ojos húmedos rezó para que regresara a salvo. La semana siguiente tenía otro rodeo en Phoenix y el otro fin de semana en San Diego. Habían planeado el viaje juntos, y habían pensado llevarse a Merry, pero esa misma mañana canceló los billetes de avión. No iban a acompañarlo.

Fue al salón con la pequeña en brazos y se sentó en la alfombra en el suelo. Cruzó las piernas y se puso a jugar con Merry, pero en ningún momento dejó de pensar en Jared.

Salía de la ducha a las once cuando sonó el teléfono. Oyó la voz de Bud Tarkington y el corazón le dio un vuelco.

—Faith, Jared está bien, pero me pidió que te llamara para decirte que iba a llegar más tarde.

—Perfecto —repuso, un poco molesta ante la idea de que se hubiera ido a celebrarlo sin ella.

—Esta noche tuvo un pequeño accidente.

—¿Qué sucedió? ¿Dónde estáis? —apretó el auricular con fuerza, dominada otra vez por sus miedos.

—Estamos en el hospital y Jared insiste en que le den el alta. Un toro lo pateó y sufre una ligera contusión. Si no sale pronto de aquí, me pidió que te informara de que te llamaría. Los médicos intentan convencerlo para que se quede para un chequeo.

—Bud, trata de convencerlo para que lo haga. Yo llegaré en menos de media hora.

—No hace falta. Lo más probable es que para entonces le hayan dado el alta. Sólo quería que tú supieras dónde se encontraba para que no te preocuparas.

—Gracias —colgó cuando Bud se despidió.

Una contusión. Los médicos querían que se quedara esa noche en el hospital, pero sabía que él los convencería para irse. ¿Es que no amaba bastante a su esposa y a su hija para cuidarse? Al parecer su conducta hablaba por si sola.

Cuando él apareció con un vendaje en la sien, lleno de vitalidad, como si no hubiera recibido ni un arañazo, se lanzó a sus brazos y lo besó, desvanecidos los discursos que había estado repasando en la cabeza. Sus brazos fuertes la tranquilizaron de que se encontraba bien.

Jared la besó con pasión. Desde el momento en que recuperó el sentido en la ambulancia y se le aclararon las ideas, le preocupó la idea de enfrentarse a ella. Pero al entrar en casa y ver cómo corría a su encuentro sin una palabra de disensión, se sintió sorprendido y complacido. Es probable que el toro no hubiera conseguido derribarlo si hubiera estado mejor concentrado. Aún seguía embriagado por su declaración de amor.

Ella lo tocó como si quisiera cerciorarse de que lo tenía en sus brazos y Jared sintió júbilo en su corazón. Se excitó con rapidez, dominado por la necesidad de tenerla. Le quitó la camiseta por la cabeza y tiró al suelo el sujetador. Se inclinó y le succionó un pezón. La deseaba y deseaba entregarse a ella, porque le había concedido el don más grande de todos cuando le dijo que lo amaba.

Mientras jugaba con la lengua sobre la cumbre endurecida, le desabrochó el botón de los pantalones cortos y ella se los quitó con un movimiento ondulante.

—Estaba tan preocupada —susurró—. No quiero lastimarte las costillas...

—No puedes —dijo al tiempo que se quitaba la camisa.

Deseoso de poseerla, de sentir su suavidad, se desprendió de toda la ropa. La recorrió con las manos. Quería penetrar en la cálida oscuridad que los unía por completo. Se puso de rodillas y trazó un recorrido incendiario por su piel mientras le separaba los muslos y ella gemía. La urgencia era tan grande en Faith como en él. Jared la tumbó sobre el suelo de la cocina y se situó entre sus piernas.

—Jared, tus costillas...

Su boca frenó toda conversación. El corazón de Faith latía con fuerza. Estaba en casa, a salvo, la amaba... y en ese instante eso era todo lo que importaba. Él penetró en su calidez y ella jadeó de placer, pasando las piernas en torno a su cintura mientras ambos se movían con pasión desenfrenada. La liberación estalló en ella en un placer al rojo vivo que lo consumió todo.

—Te amo —susurró Faith.

—Cariño —suspiró Jared—. ¡Amor mío!

Ella lo abrazó mientras unos espasmos de placer

recorrían su cuerpo. Siguió moviéndose con Jared, se elevó y volvió a pender de ese abismo, del que se soltó gritando su nombre. Los brazos de él la rodearon y apoyó su peso en Faith al disminuir el ritmo.

–Ah, cariño –la llenó de besos–. Te eché de menos esta noche.

–Deberías estar en el hospital.

–¿Y perderme esto? ¡Ni lo sueñes, mi amor!

Ella cerró los ojos y lo abrazó, sintiendo sus besos. Mañana se enfrentaría al futuro, pero en esa hora no iba a pensar en nada, salvo en sus besos y en su amor.

Una vez satisfechos ambos, él se apartó y se incorporó. Cuando ella se levantó a su lado e intentó recoger su ropa, Jared la alzó en brazos.

–Te harás daño.

–Deja de preocuparte. No voy a hacer nada que no tenga que hacer.

–Desde que te conozco llevas haciéndolas –acusó ella, y él sonrió.

–Como hacer el amor en el suelo de la cocina –comentó.

–Deberíamos recoger la ropa.

–No hay nadie que pueda verla. A Merry no le importará ni se dará cuenta –sintió unas lágrimas en su pecho–. Cariño –al llegar al dormitorio la dejó en el suelo. Le levantó la barbilla y con el dedo pulgar le secó las lágrimas y la llenó de besos–. Estoy aquí y me encuentro bien.

–Querían que te quedaras en el hospital para observarte. ¿No se supone que deben despertarte periódicamente durante la noche?

–Sí. Y podemos hacerlo aquí en casa.

–Voy a poner tu despertador y el mío, para cerciorarme de que me despierto –dijo con firmeza, yendo primero a una mesilla y luego a la otra–. Me encargaré de despertarte.

–Sé que lo harás, cariño –la ciñó por la cintura cuando terminó de poner el segundo despertador.

Se acostaron, se abrazaron y se besaron. A los pocos minutos, Jared sintió que ella se relajaba, y no tardó en percibir su respiración acompasada.

Mientras dormía, la mantuvo en sus brazos. Sabía que debería estar en el hospital, pero quería hallarse en casa con Faith, y estaba agradecido de que lo hubieran dejado marchar.

La amaba más que nunca. Había pensado que si consumaban el matrimonio recuperaría la cordura y dejaría de pensar en ella en cada minuto. Pero era peor que nunca. Estaba loco por Faith, y sus sentimientos eran más profundos que lo que había imaginado.

Pensó en la monta de toros. No podía dejarlo. Ganaba un dinero que aliviaría las deudas en que él los había metido. Además, aún no consideraba que fuera peligroso. La gente corría riesgos todos los días. Él en el rancho; Faith al ir y venir del trabajo.

Se llevó la mano al vendaje. La cabeza le palpitaba como si alguien la estuviera martilleando. Pero dentro de un mes ni lo recordaría.

A lo largo de los siguientes cuatro días, hablaron sobre su futuro sin llegar a ninguna conclusión. Mientras él hacía la maleta para marcharse a Phoenix, Faith lo miraba y Merry gateaba por el suelo, jugando con bloques de plástico.

—Jared —respiró hondo y se preguntó si lamentaría lo que iba a decir—. Ya hemos discutido esto antes. Si te vas a Phoenix y a San Diego a participar en los rodeos, no me encontrarás aquí cuando regreses.

Él se detuvo y la miró con ojos entrecerrados. Dejó la maleta en la silla y atravesó el cuarto para apoyar las manos en las caderas de ella.

—Faith, eso es absurdo. Con esto vamos a conseguir mucho dinero. Es como si yo te pidiera que dejaras tu trabajo.

–Yo no creo que sea lo mismo –repuso, sabiendo que si él mantenía las distancias tendría fuerzas para hablar. Sintió los ojos húmedos. Lo estaba perdiendo. Estaba perdiendo a Merry. Y amaba a ambos con todo su corazón.

–Cariño –la miró con seriedad–, todos debemos hacer lo que debemos hacer.

Ella sintió que el corazón se le contraía; siempre se había preguntado si era tan fácil de llevar en todo lo que se cruzaba en su vida, pero en ese momento vio que quería creía en algo, no cedía ni un centímetro.

–Lo único que te pido es que dejes la monta de toros. Continúa con la monta de caballos broncos.

–Esto es lo que mejor conozco –explicó con tranquilidad–. Me gustaría complacerte. Maldita sea si me gustaría, pero son unos ingresos que necesitamos, y es algo que yo puedo realizar para mantener a mi familia, y no me asusta. Debo hacerlo, Faith.

–¿Prefieres la monta de toros a nuestro matrimonio?

–Demonios, no. Espero que comprendas mi punto de vista.

–No puedo. Los riesgos que asumes son demasiado grandes. Desde el principio no me gustó, y ha empeorado con cada rodeo. Jared, no soporto verte herido.

–Para una mujer dispuesta a abandonarme, te preocupas demasiado por mi bienestar. ¿Hablabas en serio en lo referente a amarme?

–Sí –susurró–. ¿Y tú?

–Claro que sí –se adelantó y le dio un beso apasionado, recordándole la intimidad que habían compartido.

Para ella resistirse era tan imposible como dejar de respirar. Le rodeó el cuello con los brazos y le devolvió el beso, tratando de retenerlo con besos, de hacerle ver que tenían algo hermoso y especial que él estaba destruyendo.

Jared le acarició el trasero mientras la pegaba a su cuerpo. Su excitación le presionó el vientre y Faith tembló. Deseó que la amara lo suficiente como para dejar los toros.

—Debo tomar un avión —dijo al apartarse, acariciándole la mejilla y el cuello—. Te amo, Faith —en silencio, por miedo a llorar, lo observó alzar en brazos a la pequeña—. Si te vas, ¿qué vas a hacer con Merry? No puedes llevártela contigo.

—Sabes que cuidaré de ella hasta que vuelvas, pero luego me iré.

—Espero que no —abrazó y besó a la niña, luego se la pasó a Faith, recogió la maleta y pasó un brazo por los hombros de ella—. Te llamaré esta noche —en la puerta, volvió a besarlas a las dos.

Al llegar a la furgoneta, lo saludó y ayudó a Merry a mover la mano.

—Así es, cariño, papá se ha ido —dijo, dejando que las lágrimas le cayeran por las mejillas—. Te quiero —añadió.

Jared estaría ausente nueve días, y Faith supo que tenía que tomar algunas decisiones duras.

Al quinto día su período se retrasó. Dos días más tarde, llamó a Meg y le preguntó a su hermana si podía irse a vivir con ella temporalmente.

—Claro que sí —aceptó Meg—. Creí que habías mencionado que Jared se había marchado.

—Y así es. Le dije que si se iba no me encontraría al volver.

—¿Estás segura de lo que haces?

—Creo que sí —aunque ya no estaba segura de nada.

—¿Y qué hay de Merry?

—¿Puedo llevarla conmigo hasta que él regrese y se la pueda devolver?

—Sabes que sí.

—Cuando me vaya a trabajar se la puedo llevar a mamá. Ya he hablado con ella.

—No seas ridícula. Es verano, y no hay colegio. ¿Qué puede representar uno más en casa? Además, a las niñas les encanta jugar con ella. ¿Cuándo vas a venir?

—Haré las maletas y me voy.

—¿Lo sabe él?

—Sí —pensó en las horas que habían pasado al teléfono desde su marcha.

—Me pareció que eras muy feliz.

—Y lo era, pero hay problemas.

—De acuerdo. Te veré cuando vengas.

Faith colgó y se le humedecieron los ojos. No quería dejar a Jared, pero no podía quedarse. Y quizá consigo se llevara a su propio bebé. Se tanteó el vientre liso. Sólo llevaba un retraso de dos días, pero era la primera vez en la vida que le sucedía.

Oyó llorar a Merry y corrió a la habitación de la pequeña.

Lo último que hizo antes de marcharse fue dejarle una nota en la mesa de la cocina. Miró el cuarto lleno de recuerdos. No podía quedarse y no podía irse. Con lágrimas en los ojos, dio la vuelta y se fue por la puerta de atrás, cerrándola con llave a su espalda.

Merry se puso a llorar otra vez, como si la infelicidad de Faith fuera también la suya.

—No llores, cariño, o me pondré a llorar contigo.

Se sentó ante el volante y arrancó el coche, echando un último vistazo a la casa.

Dos días después, Jared abrió la puerta trasera y entró en la cocina. En cuanto vio la nota, el corazón se le fue a los pies.

Una semana más tarde, Jared contempló sus tierras desde el caballo. Había sabido que echaría mucho de menos a Faith, pero jamás habría imaginado que experimentaría ese dolor devastador que llevaba consumiéndolo una semana. Cuantas veces había alzado el auricular del teléfono para llamarla y decirle que nunca más participaría en un rodeo. Pero se había detenido porque necesitaba los ingresos de ese año para que el rancho saliera adelante. No dejaba de rezar para que ella cambiara de parecer, pero cuanto más tiempo transcurría, más abandonaba esa idea. Había contratado a una niñera para Merry, la señora Slocum, una mujer agradable con buenas recomendaciones que había aceptado vivir en el rancho. Había comprado una caravana para ella.

—Maldita sea –juró, girando el caballo y tratando de concentrarse en el ganado–. Te extraño tanto –dijo al aire–. Faith, cariño, ¡cuánto te necesito! Y también Merry.

Esa misma mañana, mientras Faith marchaba por la autopista en dirección al trabajo, pensaba en Jared y Merry. Se detuvo ante un semáforo en rojo y miró el reloj. Él ya se habría levantado. Desde su regreso habían hablado una vez, y la conversación terminó en un punto muerto. Y aunque su matrimonio se tambaleaba, Jared había dejado bien claro que podía ver a Merry siempre que lo deseara. Sabía que ya tenía una niñera, y que se había mudado al rancho.

Nunca había soñado que pudiera echarlo tanto de menos. Y en vez de mitigarse, la añoranza se intensificaba. Y las noches. Eran horribles, solitarias e insoportables.

Se quedó con Meg cuatro días y luego encontró un apartamento amueblado al que le resultaba imposible considerar su casa. Su vida se había convertido en días vacíos y noches sin sueño.

El semáforo se puso verde y Faith aceleró. De pronto un coche pasó a toda velocidad por el cruce y sólo consiguió verlo un segundo antes de que la embistiera y la hiciera girar por el cruce. Su coche impactó contra otro vehículo y ella se golpeó la cabeza, momento en que perdió la conciencia en un estallido de oscuridad.

Faith oyó que alguien la llamaba. Las sirenas rugían, y al intentar salir del coche se sintió desorientada, insegura. Entonces recordó el accidente. Salió por el lado del pasajero y alguien le puso un pañuelo en la mano.

—Aquí tiene, señorita. Le sangra la cabeza —se llevó el pañuelo a la sien. El hombre alto de pelo castaño extendió una tarjeta—. Si necesita un testigo, aquí tiene mi número. Vi cómo el otro cruzaba con la luz en rojo. Tengo un teléfono móvil si quiere llamar a su trabajo.

Mientras le daba las gracias, llegó un coche de la policía, y a los pocos minutos se vio rodeada de agentes, enfermeros y testigos. Llamó a la oficina para explicar lo que había sucedido y luego a su madre para contarle que se hallaba bien, por si el accidente aparecía en las noticias. Luego llamó a Alice, quien dijo que iría a recogerla.

Pasó una hora hasta que consiguió llegar al apartamento para lavarse y cambiarse. El corte en la sien no era tan malo como había temido al principio. Alice le había dejado su coche para el resto del día, aunque no iba a ir a trabajar. Se quedó ante la ventana del apartamento, sin ver nada del exterior.

Recordó que Jared le había indicado que ella corría peligro al ir al trabajo lo mismo que él al montar a los toros. Tenía razón. La vida estaba llena de riesgos. Y era demasiado preciosa como para no vivirla por los temores. Al día siguiente tenía cita con su médico, y entonces sabría si estaba o no embarazada. Aunque estaba segura de cuál iba a ser la respuesta.

Contempló el apartamento que no contenía ningún recuerdo, nada de amor o risas. ¿Era eso lo que quería? ¡Jamás!

Se le aceleró el pulso al pensar en Jared y Merry. Ellos valían cualquier riesgo. Desde que Jared entró en su vida, ésta se había llenado de gozo y estímulo.

–Jared –susurró, mirando en dirección al teléfono–. Jared, tenías razón.

Capítulo Doce

¡Estaba embarazada! Ajena a la lluvia estival, salió de la consulta de la doctora. Quería dar saltos de alegría. Y quería ir a contárselo a Jared. Se detuvo, sin darse cuenta de que se hallaba bajo la lluvia. La ciudad desapareció de su mente. Sólo pensaba en Jared. ¡Iban a tener un hijo!

Atontada, fue al coche, cerró el paraguas, se sentó detrás del volante y se quedó mirando las gotas que caían sobre el parabrisas. Se llevó la mano al vientre. Iban a tener un hijo. Eso era lo que había querido al casarse.

Se suponía que debía volver al trabajo. Pero puso rumbo a la casa de Peoria. Aún tenía la llave. Entró por la puerta de atrás; la casa estaba silenciosa, vacía, pero cada cuarto tenía la presencia y los recuerdos de Jared. Él se había llevado algunos muebles al rancho.

Subió a su dormitorio y se quedó en la puerta. Faltaba la cama grande. Los cajones y los armarios estaban abiertos. Se había llevado todo al rancho.

La invadieron los recuerdos, los momentos pasados en sus brazos y los más íntimos de pasión en la cama. Se dirigió al teléfono, que estaba en el suelo. Mientras se preguntaba si lo habría desconectado, alzó el auricular y oyó tono.

«Llámalo», urgió una voz interior. «Vuelve con él».

Dudó unos momentos, y entonces supo con absoluta certeza que no quería esperar más. Vivía un momento de su vida en el que no quería ser cauta. Iba a

144

actuar con la misma celeridad e impulsividad que Jared. Marcó el número del rancho con el corazón acelerado.

—Te amo —musitó—. Por favor, contesta para que pueda decírtelo.

Pero oyó la voz profunda de él en el contestador automático. Colgó. No deseaba dejar un mensaje… debía hablar con él para informarle de que volvía a casa.

A casa. Merry. Jared. Apoyó las manos en su vientre. Anhelaba estar en los brazos de él, abrazarlo y decirle que lo amaba, completa y absolutamente, sin condiciones.

Llamó al trabajo. Aún llovía con fuerza, y contempló la lluvia contra la ventana mientras volvía a marcar el número del rancho. En esa ocasión dejó un mensaje. Regresó al apartamento para hacer las maletas.

Pasaría por la oficina al salir de la ciudad. Necesitaría una hora allí para dejar las cosas en orden y anunciar que tampoco iría al día siguiente.

Media hora más tarde, vestida con unos vaqueros y una camisa amplia, paró en el despacho, pero se retrasó mientras Porter le entregaba un montón de papeles y su secretaria le pasaba llamadas.

Jared bajó de la furgoneta y cerró de un portazo. Esa mañana había llevado a Merry a la caravana de la señora Slocum debido a la luvia y el barro. Estaba sucio y había pasado la mañana reparando una valla que se cayó por la noche. En el porche de atrás se quitó las botas y el impermeable y dejó el sombrero en una silla antes de abrir y entrar.

El silencio de la casa siempre le recordaba su pérdida. Echaba de menos a Faith más que nunca, algo que pensaba remediar ese fin de semana.

Vio la luz parpadeante del contestador automático y atravesó la cocina para activarlo.

El primero era de la ferretería en Coweta, que le decía que ya podía pasar a recoger el alambre que había encargado. El segundo era de Faith. El corazón le dio un vuelco al oír su voz.

–Jared, siento no poder hablar contigo. Es lunes por la mañana. No sé dónde estáis Merry y tú. Pasaré por la oficina aproximadamente una hora a eso de las diez, luego me iré al rancho. Tenemos que hablar.

–Ah, cariño –dijo al oír su voz llena de emoción, preguntándose si estaba llorando. Miró el reloj. Era la una. Si había ido al despacho a las diez, debería estar en el rancho a...

Entonces se paralizó. *El puente*. En ese momento no sería muy seguro...

–¡Maldita sea!

Corrió a la puerta. La semana pasada habían caído unas lluvias torrenciales y su estructura se había debilitado. Había empezado a repararlo, pero la lluvia lo obligó a esperar. Dejó una señal indicando que no era seguro, pero quizá la tormenta de la noche anterior y de ese día la habían tirado.

Se puso las botas y atravesó el patio a la carrera. Subió a la furgoneta y arrancó. Maldijo cada vez que el vehículo resbalaba en el camino encharcado.

–¡No cruces el puente, Faith! ¡No lo cruces!

Sacó el teléfono móvil y llamó a la agencia, rezando para que aún siguiera allí. Tuvo visiones del arroyo remolineante. Habría crecido mucho.

Ya había salido el sol, pero supo que no había pasado tiempo suficiente para que las aguas hubieran bajado.

–Graphic Design –respondió una voz amable, y Jared intentó recordar el nombre de la recepcionista, aunque sólo pudo rememorar sus ojos azules y su cabello rojizo.

–Emily, ¿está Faith? Soy su marido.

–Lo siento, señor Whitewolf, se marchó hace rato. No volverá en unos días.

–¿Hace cuánto que se fue? Es importante que lo sepa con exactitud.

–Me parece que fue a las doce.

–Gracias –colgó y dejó el teléfono en el asiento. Miró el reloj y sintió un nudo en el estómago. Ya tendría que haber llegado al puente.

Rezó mientras aminoraba la velocidad; sería de poca ayuda para Faith si se quedaba empantanado en el barro. Cerca del puente le sudaban las manos y el corazón le palpitaba con fuerza. Subió una loma y se le paró la respiración.

El coche negro de Faith ya estaba en el puente.

Capítulo Trece

Faith giró en un recodo del camino. Recorrió el paisaje con la vista en busca de alguna señal de Jared. El día estaba despejado después de la lluvia, la tierra se veía verde y exuberante, con flores silvestres diseminadas por los campos. No tardaría en estar a su lado. Y ya no se marcharía.

Tomó otra curva y marchó colina abajo, frenando para evitar atascarse. El barro era profundo y el coche resbaló, pero apenas lo notó. Tenía la atención centrada en las aguas turbulentas que veía por delante. Jared había comentado que cuando lloviera el lecho se llenaría, y así había sido.

El agua rugía a sólo centímetros del puente. Había un letrero clavado a un árbol. Ya no se podía leer lo que ponía. Debía cruzar o regresar a la ciudad.

Dudó sólo unos instantes. El agua aún no había llegado al puente. Aminoró, y al acercarse fue sintiendo mayor nerviosismo. Recordó lo que crujía cuando no había agua. Siguió adelante; el puente tembló y lo notó moverse, pero ya no podía dar marcha atrás. Los movimientos aumentaron. Oyó un crujido seco, parecido a un disparo.

Faith observó horrorizada cómo el extremo del puente oscilaba unos momentos y se hundía en el agua.

El coche se deslizó al río.

Abrió la ventanilla a toda velocidad, se desabrochó el cinturón de seguridad e intentó salir del vehículo. Consiguió sacar la cabeza y los hombros por la ventanilla. Agua fría cayó sobre el coche.

–¡Faith!

Parecía la voz de Jared, pero sólo podía pensar en su supervivencia. El agua la hundió y la corriente la arrastró. Tuvo una arcada y cerró la boca, luchando por llegar a la superficie. El agua la arrojó contra algo sólido y sintió un dolor agudo en el hombro. Siguió debatiéndose. Los pulmones parecían a punto de estallarle cuando consiguió salir y aspirar una bocanada de aire.

–¡Faith!

Era él.

–¡Socorro! –no pudo oponerse a la corriente. Se esforzó por alcanzar una orilla. El agua volvió a sumergirla y otra vez logró salir a la superficie, afanándose por ir a la orilla. De pronto unos brazos fuertes la agarraron–. ¡El bebé! –gritó por encima del rugido del agua.

–¡Está bien! –repuso Jared a voz en cuello. Los dos eran arrastrados por la corriente. Delante un tronco flotaba en el río y Faith se sintió dominada por un terror nuevo. Si chocaban contra él...

Contrajo instintivamente el estómago y renovó sus esfuerzos para atravesar el agua que los llevaba corriente abajo.

Se dio cuenta de que la orilla estaba más cerca, aunque también se aproximaban al tronco, que en ese momento se hundió. Quiso doblarse y protegerse el vientre, proteger a su bebé, pero no podía hacerlo y seguir a flote.

–¡El bebé! –volvió a gritar, aterrada ante la posibilidad de que se golpearan contra el tronco sumergido.

–¡Está bien! –repondió Jared, y los hizo girar en la dirección opuesta.

–Jared, la orilla... –aulló por encima del constante rugido de las aguas turbulentas. Y entonces vio por qué la había girado. Delante, un árbol había caído en la corriente. Si se veían arrastrados hacia allí, él lo golpearía primero. Rezó para que el tronco no estuviera cerca, y justo en ese momento emergió a la superficie sólo unos metros más adelante. Miró el árbol que se precipitaba a su encuentro.

—Agárrate —gritó él—. Rodéame con los brazos.

Pasó los brazos en torno a su pecho y chocó con su cuerpo, las piernas arrastradas por una corriente, aunque ya se hallaban contra el árbol. Se aferró a una rama y lo soltó, mientras los dos se dirigían hacia la orilla. Jared la sostenía por la cintura. Tocó el barro del fondo y avanzó con dificultad. Al salir del agua se dejó caer en sus brazos.

—¡Te amo! —gritó entre sollozos y temblores una vez finalizada la aventura. Él la alzó en brazos y subió por la loma, llevándola a lo largo del arroyo hacia el camino. Faith se agarró a él, tratando de recuperar el aliento—. Puedo caminar.

—No pienso soltarte —gruñó y apretó aún más los brazos a su alrededor. Ella alzó la boca para recibir su beso. La furgoneta se hallaba en el camino, con la puerta abierta y el motor todavía en marcha.

Jared apagó el motor y la dejó en el suelo. Faith lo miró y él la abrazó con fuerza mientras le daba un beso.

—Coloqué una señal para advertir a todo el mundo que no cruzara el puente.

—Estaba demasiado ocupada mirando las aguas —dijo al recordar el letrero que apenas había podido mirar.

—Vayamos a casa —sacó la manta y se la pasó. Una vez sentados en la furgoneta, ella le rodeó la cintura con los brazos—. Merry está en la caravana de la señora Slocum. La llamaré para pedirle que se quedé con la pequeña hasta que vaya a buscarla esta noche —no sabía por qué Faith había ido al rancho, pero, sin importar el motivo, esperaba poder mantenerla allí. Quería amarla y abrazarla toda la noche, aunque temía albergar esperanzas de que hubiera ido a quedarse.

En cuanto aparcó en la parte de atrás, bajó y alargó las manos hacia ella. Había salido un arco iris, pero en nada se parecía al arco iris que brillaba en su corazón. La llevó dentro, cerró la puerta y la observó.

—Deja que llame a la señora Slocum para que nadie nos interrumpa.

—De acuerdo, pero trae a Merry esta noche. No la he visto en mucho tiempo. Os he echado de menos a los dos.

La abrazó fugazmente, fue a la cocina, dejando marcas de barro, y levantó el teléfono.

Faith habá perdido las zapatillas en el cieno. Lo miró allí de pie y supo que lo amaba, montara o no los toros. Se quitó la manta de los hombros y comenzó a desabotonarse los vaqueros.

Jared colgó y sus ojos encendidos inflamaron a Faith. Alargó los brazos para atraerla.

—No me importa que montes toros —le dijo—. Te necesito.

—Dios, cuánto te he extrañado —musitó y la besó.

Dos horas más tarde ella yacía en la cama en sus brazos, cálida, seca, agotada de hacer el amor, ducharse y volver a hacer el amor. Se sentó con las piernas cruzadas y se cubrió con la sábana.

—¿Y esa súbita modestia? —preguntó él divertido.

—Quiero tu absoluta atención.

—Puedo mostrarte cómo conseguirla —tiró de la sábana y recorrió la curva de un pecho.

—¿Quieres escucharme? —pidió, con un hormigueo de excitación, deseando darle la noticia.

—Claro —prestó atención, aunque no apartó los dedos de su cuerpo.

—Jared —dijo, inmovilizándole la mano.

—Te escucho, cariño. Di lo que tengas que decir.

—No me importa que participes en los rodeos.

–Gracias –dijo serio–. Pero a mí me importa cómo te sientes… así que al terminar esta temporada dejaré de montar toros.

–Jared, jamás fue mi intención que abandonaras un sueño. Lo que pasa es que me importas mucho. Y quería que supieras que ahora comprendo que la vida, y el amor, son un juego, y no deseo perder ni un solo minuto de los que tendré contigo. He vuelto para quedarme.

–Ésa, cariño, es la mejor noticia que he oído desde que aceptaste casarte conmigo. Ven aquí y sellémoslo con un beso.

–Quédate donde estás –lo empujó contra la almohada cuando hizo amago de sentarse.

–¿Hay más? –preguntó él.

–Mucho más. ¿Quieres que te diga que harás el mes de mayo del año que viene?

–Claro, cariño –cruzó las manos detrás de la cabeza–. ¿Qué haremos? Pareces el perro que se comió el pavo del Día de Acción de Gracias.

–Estoy esperando que lo descubras.

–Hablo en serio. En mayo del… –de pronto él se irguió y la abrazó–. Dímelo o te besaré hasta arrancarte la verdad.

–¡Vamos a tener otro hijo! –le acarició la muñeca.

–Por eso has vuelto –la atrajo hacia sí y la abrazó, hasta separarse y mirarla de nuevo.

–Volví porque te amo.

–Ah, cariño. Te adoro –sentía el corazón henchido de gozo. Faith había regresado e iban a tener una familia de verdad.

–He hablado en el trabajo, Jared –continuó ella–. Sé que estás en un aprieto financiero con el rancho. Mi intención es trabajar algunas veces por libre desde aquí, pero en este momento creo que Merry necesita una madre y, desde luego, nuestro bebé necesitará que yo me encuentre en perfecto estado. Dije que seguiría hasta que lograran encontrar a alguien que me sustituyera, y eso quizá tarde un poco, aunque no mucho.

—¿Estás segura? —inquirió él—. Porque no quiero que abandones tu sueño.

—Estoy muy segura —asintió y le acarició los hombros.

—Te amo, Faith —la miró y ella se sintió envuelta en una oscuridad aterciopelada llena de amor—. Te amo desde el primer instante en que atravesaste el seto y fuiste a rescatarnos. Bienvenida a casa, cariño —susurró, y volvió a dedicarse a besarla.

Faith le rodeó el cuello, contenta de hallarse de nuevo en sus brazos, sabiendo que ya nunca se marcharía de casa.

Epílogo

Faith se mecía mientras miraba a su hija de seis meses que dormía en sus brazos. Dejó de observar a la pequeña Steffie y contempló a Jared, que le leía a Merry en el otro extremo del salón.

Al terminar la historia sobre una familia de conejos, él alzó la vista y se encontró con los ojos de ella. La invadió una gran calidez al percibir todo su amor.

—Y ahora, cariño, es hora de irse a la cama —le indicó a Merry.

—Mami —dijo Merry, saliendo del regazo de Jared para acercarse a ella. Ya estaba bañada y lista para irse a la cama. Se apoyó en la rodilla de Faith y tocó la mejilla de Steffie—. ¿La hermanita está dormida?

—Sí, está dormida.

—Y tú también lo estarás pronto, cariño —Jared la alzó en brazos. Merry rió y le rodeó el cuello con sus bracitos.

Era un buen padre, y Faith supo que jamás hubiera podido trabajar por libre desde el rancho de no ser por el tiempo que él le dedicaba a las niñas.

Se levantó con el bebé y los acompañó a la habitación del bebé, donde Merry besó a su hermanita antes de que la depositara en su cuna.

Luego los tres se dirigieron a la habitación de Merry. La niña se metió en la cama y se rodeó de sus animalitos de peluche, acomodando a un caballo junto a su almohada.

—Un cuento, mamá —Faith se sentó donde se lo indicó la niña, que palmeó el sitio vacío del otro lado de la cama—. Papá

Jared se estiró junto a su hija y la abrazó mientras Faith contaba la historia de los tres ositos. Antes de terminar el cuento, los ojos de Merry se habían cerrado, y Jared se separó con delicadeza y la arropó. Rodeó la cama y abrazados salieron de la habitación.

—Somos afortunados —comentó Faith al apagar la luz—. Tenemos unas niñas preciosas.

—Mis tres niñas son hermosas, y yo soy el hombre con más suerte del mundo —afirmó Jared en voz baja. Ella se volvió para regresar al salón, pero él la retuvo por los hombros—. Ven aquí.

—Los dos tenemos suerte —corrigió ella, pensando en lo bien que le iba en la monta de caballos broncos y en cómo prosperaba el rancho.

La llevó al dormitorio grande y cerró la puerta; la abrazó apoyado en ella y le sonrió.

—Te amo, cariño.

—Yo también te amo, vaquero —le acarició el mentón—. Qué poco sabía cuando atravesé aquel seto en lo que iba a meterme.

—Fuiste un ángel de misericordia que nos rescató.

—Dudo de que tú necesitaras que te rescataran. Si yo no hubiera estado allí te habrías ocupado de Merry.

—No. Te necesitaba desesperadamente y siempre te necesitaré —la atrajo más y ella le rodeó la cintura.

—Tenías razón en muchas cosas —dijo Faith—. Yo estaba lista para más cosas. Muchas más —pensó en su vida juntos, en sus hijas, en el hogar que amaba.

—Bueno, y tú también tenías razón —le besó una oreja y apartó la camisa de algodón para rozarle el cuello con los labios—. Me encanta haber dejado la monta de toros. A veces en esos ocho segundos te pasa toda la vida por delante.

—¡Nunca me lo habías dicho! —rió en voz baja, mirándolo con ternura. Y entonces el momento se alteró y vio los fuegos en sus ojos oscuros cuando se puso serio.

—Te necesito, cariño, más que el aire que respiro —anunció con voz ronca. Le besó el cuello mientras ella le acariciaba los costados.

—No pude resistirme a ti entonces, vaquero. Y no quiero hacerlo ahora —susurró al girar la cabeza y atraer la suya para que sus labios se unieran.

Jared la abrazó con más pasión y Faith se aferró a él, sabiendo que aquel día en el parque le había deparado una vida de amor.

Deseo®...
Donde Vive la Pasión

¡Añade hoy mismo estos selectos títulos de Harlequin Deseo® a tu colección!
Ahora puedes recibir un descuento pidiendo dos o más títulos.

HD#35143	CORAZÓN DE PIEDRA de Lucy Gordon	$3.50 ☐
HD#35144	UN HOMBRE MUY ESPECIAL de Diana Palmer	$3.50 ☐
HD#35145	PROPOSICIÓN INOCENTE de Elizabeth Bevarly	$3.50 ☐
HD#35146	EL TESORO DEL AMOR de Suzanne Simms	$3.50 ☐
HD#35147	LOS VAQUEROS NO LLORAN de Anne McAllister	$3.50 ☐
HD#35148	REGRESO AL PARAÍSO de Raye Morgan	$3.50 ☐

(cantidades disponibles limitadas en algunos títulos)

CANTIDAD TOTAL	$ _____
DESCUENTO: 10% PARA 2 O MÁS TÍTULOS	$ _____
GASTOS DE CORREOS Y MANIPULACION	$ _____
(1$ por 1 libro, 50 centavos por cada libro adicional)	
IMPUESTOS*	$ _____
TOTAL A PAGAR	$ _____

(Cheque o money order—rogamos no enviar dinero en efectivo)

Para hacer el pedido, rellene y envíe este impreso con su nombre, dirección y zip code junto con un cheque o money order por el importe total arriba mencionado, a nombre de Harlequin Deseo, 3010 Walden Avenue, P.O. Box 9077, Buffalo, NY 14269-9047.

Nombre: _____

Dirección: _____ Ciudad: _____

Estado: _____ Zip Code: _____

Nº de cuenta (si fuera necesario): _____

*Los residentes en Nueva York deben añadir los impuestos locales.

Harlequin Deseo®

CBDES1

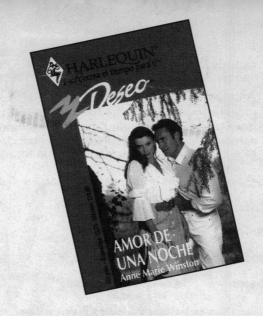

Ronan Sullivan necesitaba un lugar para vivir y Deirdre Patten, una antigua conocida, tenía una habitación para alquilar. Pero la proximidad podía encender una pasión que ambos habían negado en otro tiempo y para ella, madre divorciada, podía resultar muy peligroso abrir su hogar... y su corazón.

La Deirdre real era más dulce que los recuerdos que poblaban los sueños de Ronan. Esa mujer cariñosa le ofrecía refugio para el cuerpo... y para el alma. Y aunque ansiaba dedicarle el resto de su vida, le costaba compartir con ella sus secretos... o sus promesas de futuro.

PIDELO EN TU QUIOSCO

A Zoe, Connel Hillier la ponía sencillamen-
te furiosa. Era dominante y demasiado directo, y tal
vez, a otras mujeres les fascinara, pero no a ella...

¿A quién trataba de engañar? Connel era
el prototipo del hombre sexy por excelencia y no
podía negar la atracción que había entre ellos por
mucho que se empeñara. No podía dominar ni al
hombre ni lo que sentía por él. Era demasiado intenso... Y Connel siempre conseguía lo que se proponía.

Rendición ardiente

Charlotte Lamb

PIDELO EN TU QUIOSCO